在地下

马识途 著

四川文艺出版社

图书在版编目（CIP）数据

在地下 / 马识途著. —2 版. —成都：四川文艺出版社，2019.4
ISBN 978-7-5411-5405-8

Ⅰ. ①在… Ⅱ. ①马… Ⅲ. ①长篇小说—中国—当代 Ⅳ. ①I247.5

中国版本图书馆 CIP 数据核字（2019）第 070686 号

ZAI DI XIA
在地下

马识途 著

责任编辑	曹凌艳
内文设计	史小燕
封面设计	赵海月
责任校对	韩　华
责任印制	唐　茵

出版发行	四川文艺出版社（成都市槐树街2号）
网　　址	www.scwys.com
电　　话	028-86259287（发行部）　028-86259303（编辑部）
传　　真	028-86259306
邮购地址	成都市槐树街2号四川文艺出版社邮购部　610031
排　　版	四川胜翔数码印务设计有限公司
印　　刷	成都勤德印务有限公司
成品尺寸	165mm×235mm　开　本　16开
印　　张	11　字　数　150千
版　　次	2019年4月第二版　印　次　2019年4月第一次印刷
书　　号	ISBN 978-7-5411-5405-8
定　　价	28.00元

版权所有·侵权必究。如有质量问题，请与出版社联系更换。028-86259301

再版序言

《在地下》这本书,是我在白区进行共产党地下斗争时的经验和教训的初步总结,但也可以这样说,《在地下》这本书,是用许多九死一生幸存下来的革命先辈和无数革命烈士的鲜血凝结而成的。为了尽量保持当时的原貌,这次再版,对书中的一些提法我未作大的修改。

从这本书里,可以看到中国共产党地下工作者在新中国成立前特别严酷的白色恐怖统治下,是怎样斗争和生活的。我们虽然取得过辉煌的成绩,也遭受过成千上万的地下工作者被逮捕和被惨杀的惨状,真叫血雨飞天。我们既有丰富的斗争经验,也有惨痛的失败教训。

曾经在白区担任过主要领导工作的周恩来同志说过,我们在白区进行斗争,一没有政权,二没有武装,经费也很少,我们依靠什么?就是依靠正确的路线、坚定的信仰、严密的组织、严明的秘密工作纪律、灵活机智的战略战术和群众的拥护,以及朋友的帮助才取得胜利的。这本书正是这些原则的体现和记录。

白区地下斗争虽然已经过去了六十几年,但是先烈们真挚的革命信念、顽强的斗争精神,以及他们的思想和工作作风,仍然像一面镜子,光辉照人,对当今现实生活中的共产党人或者还有参照一下的价值。

目前描述我党的革命斗争历史的文艺作品和影视作品多起来了(请允许

我向这些把中国革命历史搬上银屏的编、导、演职人员鞠躬致敬),这是好事。但是由于历史久远,创演人员无亲身的经验,难免有一些不够周详甚至某些错误的描述。这本《在地下》,或许能为从事革命历史创作的作家艺术家,尤其是从事"谍战剧"影视编、导、演人员,提供一些有用的素材,从中寻得一些启发,至少可以减少一些令人啼笑皆非的缺憾,不致落入胡编滥造的讥评中去。

果如此,我不枉四十四年前写此书,出版社也不枉二十五年后再出版此书了。

2012 年 6 月　于成都未悔斋

— 目录 —

第一部分
白区地下党工作的一般要领

一、地下党是地上党的配合部分 …………………… 003
二、地下党斗争是为了转化为地上党 ……………… 004
三、依靠骨干，争取中间，打击敌人 ……………… 005
四、在两条路线斗争中前进 ………………………… 007
五、政策和策略是党的生命 ………………………… 010
六、积小胜为大胜，造成"第二条战线" …………… 013
七、精干的党组织，广泛的群众组织 ……………… 016
八、发动群众，灵活斗争 …………………………… 018
九、提高警惕，严防破坏 …………………………… 020
十、一切从实际出发，进行长期艰苦的斗争 ……… 023

第二部分
白区地下党工作的十个主要问题

一、调查研究，了解情况 …………………………… 027
二、生根开花，开辟工作 …………………………… 033

三、群众组织，群众斗争 …………………… 041
四、党的组织工作 …………………………… 054
五、党的宣传工作 …………………………… 063
六、党的秘密工作 …………………………… 070
七、党的统一战线工作 ……………………… 078
八、武装斗争问题 …………………………… 083
九、监狱斗争 ………………………………… 087
十、迎接解放 ………………………………… 090

第三部分
白区地下党秘密工作方法

一、领导机关的组织和活动 ………………… 097
二、接头联络的办法 ………………………… 110
三、通信联络的办法 ………………………… 127
四、"盯梢"和"脱梢" ……………………… 138
五、旅行要事 ………………………………… 153
六、伪装与伪造 ……………………………… 159
七、应　　变 ………………………………… 163
八、拒捕与营救 ……………………………… 169
九、保卫工作 ………………………………… 171
十、党组织被破坏事故的举例分析（略）…… 172

第一部分

白区地下党工作的一般要领

一、地下党是地上党的配合部分

> ☆ 地下党工作是整个党的工作的一个构成部分,是老区党的配合和辅助的一个部分,但也是不可缺少的一个部分。

共产党的地下斗争,是革命斗争的一种形式,是整个党的工作的一个构成部分,一个配合的和辅助的部分,但也是一个不可缺少的部分。因为在中国,根据以往的全部历史经验,是以革命的战争反对反革命的战争,以农村包围城市,以武装斗争夺取政权,是共产党进行革命胜利斗争的主要形式,地下党的斗争,是党领导群众进行武装夺取政权的斗争的配合部分或前导部分。

地下党斗争是革命斗争不可缺少的部分。因为单独的武装斗争是不可能取得革命斗争胜利的,因为"着重武装斗争,不是可以放弃其他形式的斗争,相反,没有武装斗争以外的各种形式的斗争的配合,武装斗争就不能取得胜利"*。着重农村根据地的工作,不是说可以放弃城市工作和尚在敌人统治下的其他广大农村的工作;相反没有城市工作和其他农村的工作,农村根据地就会处于孤立地位,革命就会失败。

党的地下斗争是与党所领导的根据地的武装斗争相配合的。就是还没有建立起根据地,更不能没有地下党的工作。因为我们知道,如果共产党没有

---

* 本书引文未另注明出处的,都引自《毛泽东选集》。

从公开的合法的斗争迅速地转入非法的地下斗争和武装斗争的事先准备，就会处于被屠杀和被消灭的地位。这从中国第一次大革命时期1927年"四一二"大屠杀得到证明。那时蒋介石突然破坏国共合作，实行反革命的"清共"的血腥镇压政策，多少万共产党员被屠杀了，这个血的教训，是必须记取的。在共产党和资产阶级实行联合，或者共产党处于公开合法活动状态的时候，特别是在资产阶级眼见无产阶级将获得胜利，决意实行突然袭击以前，如果不准备地下斗争，不把组织分成公开和秘密的两套，不把干部分成第一线和第二线两套班子，不在紧急状况下迅速地、但是有秩序地转入地下斗争，是会带来亡党亡头的惨祸的。

二、地下党斗争是为了转化为地上党

> ☆地下党斗争是为了努力使自己转变成为地上党，非武装斗争是为了努力使自己转入武装斗争。

地下党斗争是为了使自己变为地上党，地下为了地上；地下党的非武装斗争是为了转入武装斗争，非武装斗争为了武装斗争。地下党斗争的终极目的，也是为了夺取政权，从不当权变为当权。因此地下党斗争总是尽一切办法，在最短时间内，不仅使自己能够配合整个党所领导的和进行的武装斗争，而且要尽快使自己向武装斗争的方向发展，在自己斗争地区的农村，开展武装游击战争，逐步建立起革命根据地来，建立起人民的革命政权来，和党的其他主要革命根据地遥相呼应，互相支持，互相配合。这才是地下党斗争的根本目的。

在西欧和北美发达资本主义国家里，无产阶级将用什么方式夺取政权，还难以想象。中国的成功经验是以地下党斗争的形式发展到在农村开展武装斗争，以求最终建立起大大小小的许多块革命根据地，实行武装割据。即"把落后的农村造成先进的巩固的根据地，造成政治上、军事上、经济上、文化上的伟大的革命阵地"，从而以农村包围城市，最后夺取城市，取得革命的完全胜利。

在中国，地下党工作正是为了开展武装斗争，最终夺取政权的这个目标，地下党员必须有一个清楚的认识，必须扫除那种地下党斗争是为了取得合法活动，取得议会席位，取得政府职位而斗争的观点。"统一战线，武装斗争，党的建设，是中国共产党在中国革命中战胜敌人的三个法宝，三个主要法宝"，"而党组织的每一个成员都是掌握和贯彻执行统一战线和武装斗争这两个武器以实行对敌人冲锋陷阵的英勇战士"。地下党的组织自然也是一样的。"党的建设一定要和统一战线、同武装斗争联系起来。"地下党的建设自然也是这样的。

三、依靠骨干，争取中间，打击敌人

> ☆地下党斗争必须和党的统一战线政策联系起来，必须在宣传、组织、武装工农基本革命队伍的同时，团结、争取一切可以团结、争取的中间分子，最大限度地分化瓦解敌人，最大限度地孤立和打击一小撮顽固的敌人。

地下党的建设，地下党的斗争，必须和统一战线政策联系起来。无数成功和失败的经验证明了这一点。地下党是在敌人的统治区进行斗争的，是在敌我力量悬殊，相对地说，是在敌强我弱的形势下进行斗争的。如果不注意统一战线问题，就会使自己陷于孤立和被动，可能为敌人攻击和打败。地下党斗争和其他斗争一样，一切活动都有服从于保存自己和发展自己，削弱敌人和消灭敌人的这个根本目的的。谁是我们的敌人，谁是我们的朋友，这是革命的根本问题。我们一切工作都必须注意依靠什么阶级或势力，团结什么阶级或势力，争取或中立什么阶级或势力，孤立和打击什么阶级或势力，作为自己考虑工作的出发点，作为自己制定一切战略和策略的出发点。我们进行工作总是要尽力壮大自己的队伍，争取尽可能多的同盟军（包括不稳定的暂时的同盟军在内，甚至包括明天的敌人，今天不予打击的力量在内），把要打击的敌人最大限度地孤立起来。这就是我党"发展进步势力，争取中间势力，反对顽固势力"的策略；这就是我党"争取多数，反对少数，各个击破"的策略；也就是在斗争时掌握"有理、有利、有节"的原则，以及"以革命的两面策略反对反革命的两面策略"的策略等等。

在组织统一战线时，必须首先把自己的组织工作和斗争策略的着眼点和出发点，放在自己的依靠力量的组织和发展上，放在工农基本群众的组织和发展上。其次，要放在争取基本的、可靠的同盟军，即城市小资产阶级和能在革命中起桥梁作用的进步青年学生和知识分子左翼的组织和发展上。然后才是放在争取中间势力上，即中等资产阶级、开明士绅和地方实力派上。只有把自己的基本力量组织起来并且在和敌人的斗争中显示自己的坚定性和力量，才能真正争取到中间分子。否则中间分子也有被敌人争取过去而使我们陷于孤立的可能。而争取中间势力，往往成为我们同顽固派斗争时决定胜负的因素。我们和敌人进行斗争时，中间势力当然要尽力应用上；但是我们在估计胜利因素时，决不可以把中间势力估计过高，他们是动摇的，可变的。过去，就有在斗争中把胜利希望寄托于中间地方实力派的支持上，结果他们临事退却而使我们斗争陷于被动以至失败的经验。这些中间势力也总是想发展和壮大自己的，他们也想利用我们的力量来进攻敌人以达到发展自己的目的。他们往往企图和我们争夺群众，特别是争夺学生和知识分子群众。这种斗争是很复杂的，实际上是争夺统一战线的领导权问题。我们决不容许把统一战线的领导权轻易放弃，而要紧紧地掌握在自己手里。因为如果让中间势力掌握了领导权，我们共同进行的联合斗争有可能半途而废，可能招致失败，因为他们是容易动摇和妥协的，这是中间势力的摇摆特性决定的。

统一战线的组成有不变和可变的部分。不变的组成部分是工人、农民、小资产阶级，这是最可靠的力量。可变的部分是中间势力，民族资产阶级，开明士绅，地方实力派及他们的政治代表。因为革命时机不同，他们的政治表现也会不同，因而和他们的关系，和他们进行团结和斗争的内容也会不同，但终归应坚持又团结又斗争的原则。如何慎重地处理统一战线组成中的可变部分，是至关紧要的事。

四、 在两条路线斗争中前进

> ☆地下党斗争的成功或失败，前进或后退，是和党内两条路线斗争紧密联系起来的。只有在正确路线的指引下，和一切"左"或右的倾向进行斗争，地下党斗争才可能取得胜利。

地下党斗争的成功或失败，前进或后退，最根本的决定于整个党的路线是不是正确的。考察一下党的历史，党的白区工作的历史，便非常清楚地看到这一点。许多做过地下党工作的同志都深切地感受到这一点。

从党的历史看，1927年大革命失败前国共两党合作阶段，党基本上是处于公开合法的活动中，党的地下秘密工作没有多少经验。1927年大革命失败后，党在白色恐怖的大屠杀中，一部分被迫转入地下，一部分则走上武装斗争的道路。但是在白区，主要在白区城市中党的工作，由于错误路线的指导，当时不是组织有秩序地退却，相反，在一个时期中采取"左"倾冒险主义和盲动主义的行动，强行组织毫无胜利希望的地方暴动，招致了地下党组织的严重破坏。那时还没有意识到中国的革命斗争必须从中国国情的实际出发，应该以农村工作为主，城市工作为辅，以武装斗争为主，以地下斗争为辅。在1927年的政治情况下，革命处于低潮，就应该实行必要的退却，把力量转移到农村去，开展农民运动和武装斗争，在城市则利用合法斗争以积蓄力量。而不应该不顾主客观条件，号召和组织政治罢工、同盟罢工、罢课、罢市、罢操、罢岗，游行示威，飞行集会以至武装暴动等事实上得不到群众支持的冒险行动。同时还在组织庞大的缺乏掩护的党的领导机关和各种脱离群众的第二党式的赤色群众团体。不去团结中间势力，而认为"中间势力是最危险的敌人"等等。在这种"左"倾冒险主义的错误领导指引下，白区地下党遭到了几乎百分之百的损失，这是极其惨重的教训。

1935年遵义会议以后，确定了党的正确领导，在抗日民族统一战线的口号下，白区地下党才走上正确的道路。党的组织转入严密的秘密状态，不冒险和强大凶恶的敌人实行决战，而且尽可能利用一切公开合法的形式，使党组织得以长期存在和隐蔽力量，逐步积蓄力量。党组织深入群众，发动和组织群众，进行为群众需要，又为当时内外条件所许可的必要斗争，引导群众在斗争中提高政治觉悟。力求不斗则已，斗则必胜。这样把群众的觉悟程度和组织程度不断提高，以迎接更大的新的斗争。同时尽量争取同盟军（包括那些哪怕是暂时的同盟军，使之中立），最大限度地孤立敌人，利用敌人内部的矛盾，分化瓦解，各个击破。这些就是当时我党地下党活动的正确斗争策略。在这条正确路线指引下，白区地下党才恢复发展起来，在抗日民族统一战线中表现出相当大的力量。但是就是在这个时期，白区地下党又受到王明右倾路线的影响。他们对国民党反动派抱着不切实际的幻想，强调合法，而不强调在统一战线中的独立自主性。致使大批留在国民党统治区的党员和进步分子，在后来几次反共高潮中，遭到大批逮捕和屠杀，这又是一次惨重的教训。

1938年在党的六届六中全会上批判了新投降主义，在国民党反动派发动几次反共高潮，对地下党实行残酷镇压时，及时坚定地提出了"长期埋伏，积蓄力量，以待时机"的正确方针，"反对急性和暴露"。同时坚持统一战线政策，批判不去发展统一战线的错误倾向，提出了"发展进步势力，争取中间势力，孤立反共顽固势力"的政策，提出和顽固派斗争时，"利用矛盾，争取多数，反对少数，分化瓦解，各个击破"的策略和在斗争时应注意"有理、有利、有节"的策略。这一系列的正确政策和策略，使白区地下党又走上了健康发展的道路。在重庆、昆明、成都等地又逐渐聚集起民主力量，推动民主运动的新高潮的出现。从这以后便一直发展到抗日战争胜利以后，在国民党统治区北平、天津、上海、重庆、昆明、成都、武汉、杭州等地掀起更大规模的民主运动，在国民党反动派发动内战时，在新的革命高潮中形成了"第二条线"。有些地区如广东、云南、四川甚至发展到建立配合性的游击战争和游击根据地，迎接了解放。

从白区地下党发展的历史，可以看出党的路线、政策、策略的正确与否，直接决定了白区地下党斗争的成败。凡是贯彻执行了党的正确路线，工作就前进，就胜利，否则就后退，就失败。这一点凡是在白区做过长期地下党工作的，都深刻地体会到了。

五、 政策和策略是党的生命

> ☆地下党斗争的成功或失败，前进或后退，不仅取决于地下党领导同志是否坚定地执行党的正确路线、政策、策略和工作方法，而且取决于领导同志是否有好的领导艺术，好的工作作风。

白区地下党工作虽然有党的一系列的正确路线、政策、策略、工作方法、工作作风、领导艺术指引，但还要取决于白区地下党的领导机构和领导同志理解得怎样，执行得怎样。没有正确的具体领导，即使在正确路线下也可能带来失败和挫折。

要有正确的领导，必须从客观存在的实际情况出发，从其中引出规律，作为我们行动的向导。不凭主观想象，不凭一时的热情，不凭死的本本，而凭客观存在的事实，详细地占有材料，在马克思列宁主义一般原理的指导下，从这些材料中引出正确的结论来。要做一个好的地下党的领导，必须有无畏的革命精神和严密科学态度相结合，必须在战略上藐视一切敌人，在战术上重视一切敌人。

根据党的一些指导原则，我们曾在长期地下党斗争中总结出斗争成功的方法六条和工作失败的三个"害死人"。

斗争成功的方法六条是：

一、要透彻地理解上级的指示，特别是有关路线、政策的指示。这里所说的透彻地理解，不仅是说对于上级的指示能够背诵，不走样地传达下去，而且在于理解上级在此时此地为什么要有这样的指示的客观条件，它的意义和目的是什么，即上级凭以发出这个指示的立场、观点、方法是什么。这样不仅知其然，而且知其所以然，才能真正结合自己的客观情况，加以正确地灵活地执行，不是死板地机械地执行。对于别地、别人的斗争经验也是如此，一定要有极大的虚心学习别地、别人的成功经验和接受失败的教训，也一定要有极大的戒心结合本地、本人的主客观条件加以灵活应用，切忌生搬硬套。斗争形式千变万化，教条主义地搬用，没有不失败的。

二、对客观存在的情况，要详细地占有材料，而不是凭一星半点的粗枝大叶的甚至道听途说的材料，要客观地冷静地分析政治形势和估量阶级力量，要细心地分析敌、我、友三方面的情况和其间的关系，即它们之间极其错综复杂的相互依存又相互矛盾、相互斗争的形势。认识敌人往往有决定性的意义，不能粗心大意。客观情况的变化是很多很快的，特别是在激烈的斗争过程中，这时敌人的动态，朋友的向背，更需要有切实的了解。"知彼知己，百战不殆"这是真理。

三、倾听下级同志的意见，特别是革命群众的意见，特别在斗争最前线的基层同志和群众的意见。他们的思想、愿望、情绪，都要时刻注意到。还要有先做学生后做先生，不耻下问的精神，先向下面的干部请教，然后再下命令。这不能形式主义地做做样子，而是要诚心诚意地真做，不是先在群众中造成某种思想倾向，然后再下去听取群众的意见。这样一些做法，好处很多。

四、将上级的指示和自己面临的客观情况两方面都搞清楚了，把上级的指示、下级同志及群众的意见和客观情况结合起来了，才能制订自己的行动计划和斗争方案。这个结合实在不是容易的事，但必须这样做。尽可能地做到"主观符合客观"，既要注意客观环境所容许怎么做的条件，不能超越客观条件所许可的范围，去做非分的妄想和盲动，又要不做"爬行主义者"，做客观条件的奴隶，而必须充分发挥主观能动性，去做经过努力斗争可以办到的事情。没有科学的态度是不行的，没有无畏的革命精神更是不行的。在和敌人斗争时，从来没有十拿九稳的事，只能有大体上的把握，经过艰苦斗争可以获胜。有了大体上的把握，加上努力奋斗的精神，又做了失败后的应变措施，就可以大胆干了。做计划应该是放在经过奋战可以达到的基础上，这个分寸是很不容易把握的，过犹不及，"左"和右的错误就往往产生在这里。

五、亲临群众斗争的前线（当然应该注意自己的战斗地位，不能暴露自己），和群众一起斗争。只有亲自去参加斗争实践，才能亲眼得见群众斗争的生动景象，了解群众的意志、情绪，敌人的力量、意图，才知道斗争发展形势的倾向，才知道自己的斗争计划的正确与错误，及时地、果断地修改自己的计划，以适应变化了的情况。指挥员远离群众斗争，只听汇报，便下命令的官僚主义是非常有害的，稳坐家里等待胜利消息的主观主义也是非常有害的。对胜利应该抱有信心，同时对胜利应该时刻担心。计划一成不变，安然无恙直到胜利的事是没有的，总要随着急剧变化着的斗争形势不断修改自己的计划，以至完全否定自己的计划。不注意这一点就会带来流血的代价。

六、善于及时总结成功的经验和失败的教训，特别要总结失败的教训。因为失败乃成功之母。固然要反对消极悲观，但在反对消极悲观的同时，也要反对自我陶醉。应该形成一种制度，养成一种作风，打了胜仗找缺点，打了败仗找成绩。须知在成功中往往潜伏着新的失败因素，在失败中却已孕育着成功的根苗。向胜利发展的道路总是由许多失败曲折的道路组成的。总结经验教训，应该尽量有更多的经历过实际斗争的领导和群众参加，这样才能得出正确的结论来。争论不休的事也往往难免，最后总要有大体上一致的认识。

地下党斗争要做到这六条，并不容易。因为往往受许多条件的限制，例如上级的指示收到不及时，或比较原则；例如要迅速和准确地传达下去和组织研究讨论，都有实际的困难；例如对客观情况的准确了解，因在敌人统治下不易及时和详尽地收集必要的情报资料；例如对于群众的思想情绪不能普遍深入地了解；例如斗争形势的变化迅速，考虑难于周详，如此等等。但是领导者时常想到这六条，并且努力去做，是会获益不浅的。

三个"害死人"，即招致失败的三个"主义"是：

一、脱离实际的主观主义，害死人；

二、脱离群众的官僚主义，害死人；

二、脱离党性的个人主义，害死人。

这三个"主义"在地下党活动中发展起来，真是可以亡党亡头的。检讨过去一切的失败，可以说没有一次不和这三个思想敌人的为害有关。

使工作成功的六条和使工作失败的三个"害死人"都不仅和地下党领导同志的思想方法有关，而且更和领导者的世界观的改造、党性的锻炼和思想品质有关。世界观的改造更具有决定性的作用，思想方法的问题，实际上也是世界观的问题，党性的问题。

六、积小胜为大胜，造成"第二条战线"

> ☆作地下党斗争必须认识清楚：白区工作虽然艰苦，但那里的人民迫切需要我党领导他们进行解放斗争。在那里我们有一切可以活动的条件，有一切夺取胜利的条件。表面上我们处于劣势，处于弱小、被动、防御和被敌人包围的形势，实际上敌人却面临着穷途末路，处于广大人民的包围之中。我们完全可以在劣势中夺取优势，在弱小中求强大，在被动中争主动，在防御中取进攻，在被包围中造成反包围的形势，从而积小胜为大胜，最后造成白区的"第二条战线"。

进行地下党斗争必须建立起这样的认识和信心：我们到国民党统治的白

区进行地下活动不仅是必要的,而且是可能的,有一切便于我们在那里落脚、生根、发芽、开花、结果的土壤和气候,完全可以生存、发展和夺取胜利。

我们说应该去,必须去,是说国民党统治的白区人民正在受难,我们有责任去帮助他们。我们要努力奋斗,那些地方有困难,有问题需要我们去解决,我们就应该为解决困难去工作,去斗争,越是困难的地方,就越是要去。因而我们应该有一批不怕困难、不怕牺牲的同志到白区的艰苦环境中去斗争,特别是敌人统治越顽固和严密的地方,越是要去,就是要敢于到敌人心脏里去,到敌人肚皮里去打仗,才是共产党员的英雄本色。

我们说敌人统治区具备了一切必要的条件,让我们去活动和斗争,是说国民党顽固派越是凶恶、反动,它就在客观上越是给我们提供了活动的政治环境,造成让我们去进行组织和领导斗争的对象。因为他们越反动,就必然在那个社会中造成一种反对他们的力量,一种反对他们的政治倾向和势力,这便是我们能够在那里进行活动的社会基础。在那里就一定有一大批人,主要是受压迫和剥削严重的工农大众,要求组织起来,要求斗争,要求共产党的领导,以反对国民党的暴政。这些势力就是革命力量,就是我们的组织对象。因此在客观上是敌人给我们提供了在那里进行组织活动和斗争的条件。他们越反动,这些条件就提供得越充分。

因此,我们一定要在敌人一切重要的城市,重要的工业区,广大农村、学校等地方建立起我党的组织和活动来,哪怕是只有一个共产党员也要坚持战斗,坚持活动,甚至可以说"存在就是胜利"。为什么?因为敌人只要发现了我们的活动,他不察虚实,便不得不为此而组织起庞大的特务机关、警察、保安部队,以至正规军的驻守,不敢轻离。这样在客观上就是拖住敌人的一部分力量,使之减少对于我们老根据地和其他地区地下党的压力,这就是对老根据地的一种援助,这就是一种胜利。只要我们在这里散布了星星之火,敌人便会草木皆兵,惊惶起来。而实际上这许多星星之火,总是有一些会要旺盛地燃烧起来,联合起来,形成群众革命斗争的燎原大火,陷敌人于革命的火海。

我们从实际的斗争中充分地证明了,敌人统治区不仅具备了一切我们去进行活动的必要条件，而且完全可以争取打胜仗，可以一个胜仗一个胜仗地打下去，积小胜为大胜，逐步造成优势。在敌人统治区，政权是在敌人手里，敌人掌握着一切专政工具，一切宣传武器，从整个形势上来说，要承认他占优势，不承认这点是不可以的；要承认他在斗争的整个形势中是比较的居于主动地位的，不承认这点也是不可以的；要承认他在整个斗争力量上，相对地说来是比较强大的，不承认这点也是不可以的。对这种客观实际，不能采取"不承认主义"，闭着眼睛自吹自擂。但是我们应该认识到，虽然在整个局势中我们暂时居于劣势，居于弱小、被动和防御的地位，但是我们完全可以而且必须争取在一个局部，在一个小的地区范围内，在一个学校，一个单位里，在一次斗争中，居于优势、主动、强大的地位，这是完全可以做到的。这样在一个一个小的局部，小的范围，一小段时间内争取到的优势、主动、强大和进攻，便可以积小胜为大胜，最后造成整个形势在一个相当长的时期内，在一个相当大的地区内，取得群众斗争的相对优势，主动发起对敌人的进攻。这样便支持了整个解放区的斗争，形成了"第二条战线"，形成了前后夹击之势，最后打败敌人。这就是在劣势中夺优势，在弱小中求强大，在被动中争主动，在防御中取进攻，在被包围中造成反包围的道理。这是党的游击战争的指导思想在地下党斗争中的应用，斗争证明这是完全有效的。事实上我们也的确在敌人统治区造成过敌人称之为"小延安"、"解放区"的地方，的确也造成过党称之为"第二条战线"的形势。这便是我们在敌人心脏进行战斗的根本战略。根据过去的经验，"乘敌之隙的可能性"是很多的，不要为敌人的气势汹汹所吓倒，敌人的弱点所在皆是，只要善于去捕捉，只要不去"碰钉子"而学会"钻空子"，就能胜利。敌人内部是不团结的，四分五裂的，离心离德的，矛盾重重的。敌人是极其腐败的，效率很差的。他们虽是凶恶，但也是愚蠢的，有时他们干了许多帮助我们发动群众的蠢事。敌人的组织是不严密的，容易混进混出。敌人统治的地区虽然关卡林立，检查森严，但因其得不到人民的拥护，又因他们逞凶斗狠，鱼肉人民，人民痛恨他们，因此在他们那里活动起来并不困难。当然从根本上来说，由于敌人是反动的，反人民的，他们在政治上处于被人民包围的孤立状态；而我们则是革命的，进步的，得到广大人民群众支持和拥护。这就是说，在整个大局上，敌人是处在人民的包围之中，在整个历史时期，敌人是逆天行事，处于软弱或趋于软弱走向崩溃的地位。而我们党是代表人民的，我们可以发动人民，依靠人民进行斗争。在整个形势上，在整个历史趋势上实在是我们和人民居于包围敌人的地位，居于优势地位。这便是我们能存在，能活动，能斗争，能胜利的根据。在这个根据下，我们采取灵活机动的战略战术，一个一个地夺取胜利，日积月累，积小胜为大胜，形成"第二条战线"，对老解放区起一定的支援作用，是完全办得到的。

七、精干的党组织，广泛的群众组织

> ☆ 地下党斗争必须在一切必要的地方，建立起坚强的精干的党组织和党的外围组织，建立起广泛的和形式多样的群众组织，从斗争中提高群众的政治觉悟和斗争热情，从斗争中培养出千百万群众领袖，把他们中的优秀分子吸收到党里来。

我们在敌人统治区的一切重要城市，在农村、工厂、学校、群众团体中建立精干、坚强、有战斗力的党组织，但敌人总是要拼死来发现和破坏这些党组织，这成为我们在白区进行斗争的中心环节。因为这种党组织是埋在敌人心脏里的定时炸弹，是屹立在白色区域里的赤色堡垒，是一切斗争的领导核心，是群众的希望和领导，是敌人的心腹之患。这个党组织必须和老根据地的党组织一样，是具有理论联系实际、密切联系群众和自我批评三大作风的党组织。只是要求更精干隐蔽，要求有长期独立作战的能力，要求更富于牺牲精神，要求适应秘密工作环境的组织形式和斗争方式。这个党组织的党员和领导人也应该是襟怀坦荡，忠实、积极，以革命利益为第一生命，以个人利益服从革命利益。这些人应该是最有远见，最富于牺牲精神，最坚定而又虚心体察情况，依靠群众的多数，得到群众的拥护。这些人好比种子，人民好比土地，到了一个地方就要同那里的人民结合起来，在人民中间生根、开花。这些人还要具有勇往直前的精神，要压倒一切敌人，而不要被敌人压倒。不论在任何困难的场合，只要还有一个人，这个人就一定要战斗下去。这些党组织的领导应该懂得马克思列宁主义，有政治远见，有工作能力，富于牺牲精神，能独立解决问题，在困难中不动摇，忠心耿耿地为民族，为阶级，为党工作。党依靠这些人联系党员和群众，依靠这些人对群众的坚强领导而达到打倒敌人的目的。这些人不能自私自利，不能有个人英雄主义和风头主义，不要怠惰和消极，不要自高自大，不要有宗派主义。这些人要好像坚强的种子，丢在荒芜污浊的地方，也不会腐化霉烂。要不怕寂寞，而又不甘寂寞。总要活动和生长，像傲岸的青松一样，相信春天总是要到来的。这些人必须具有相信胜利，准备牺牲的精神。这些人要有坚定正确的政治方向，艰苦朴素的工作作风，灵活机动的战略战术。这些人应是热心肠，冷头脑，硬骨头，牛皮筋，欺天胆；耳聪、目明、鼻子尖；腿勤、手快、嘴巴紧。这个党组织和其他领导人员要用这些精神武装起来，才能率领党员和广大群众，在敌人心脏里进行战斗，而且取得胜利。

这个党组织必须少而精，必须在敌人的要害地方建立起来，进行工作。必须把党组织的基础放在受压迫受剥削最严重，最为痛苦，最富于革命精神的工人和农民中去。同时必须注意在能够起革命先锋作用和桥梁作用的青年学生、革命知识分子和下层职员中做组织工作。当然我们不能老停留在桥梁上，必须同时注意统一战线工作，充分利用这个武器以争取中间分子，孤立敌人，分化瓦解敌人；必须经常准备并且努力支援和配合老根据地的一切斗争,并随时准备自己往武装斗争的道路上发展。

八、发动群众,灵活斗争

> ☆地下党斗争必须深入群众,宣传、组织群众,领导群众进行为他们所迫切要求的,为内外环境所容许的必要的斗争。依靠群众,就是胜利;脱离群众,就会失败。

白区广大人民群众的组织和斗争,是地下党工作的最根本的任务,是地下党存在和发展的依靠。脱离了群众,不光是不能开展工作的问题,而且是根本无法生存的大问题。地下党不做宣传、组织群众,并领导群众斗争的工作,地下党就丧失存在的意义了。

怎样做群众工作?只要切实做到下面几点,就会做了:

第一,地下党的同志到了一个地方,首先要深入群众中去了解情况,关心群众的生活疾苦,了解他们的思想和愿望。关心群众生活,注意群众的思想动态是我们做群众工作的基本出发点。

第二,要向群众学习,先当群众的学生,再做群众的先生。要耐心细致地在群众中进行宣传教育和组织工作,不要嫌落后,不要希望用大轰大擂的办法,在很短的时间内,就把群众发动起来,组织起来,要细致地做艰苦的工作。

第三,要无限相信群众和依靠群众。只有群众真的觉悟起来了,知道了斗争的目的是什么,和他们的切身利害关系怎样,并且知道应当怎样去做,并决心去做的时候，才可能引导群众进行胜利的斗争。我们的工作要服从于群众斗争，而不要群众服从于我们的主观愿望。这样才能充分发挥群众的主动性、积极性和创造性。

第四，要反对不顾主观客观条件，从个人的善良主观的愿望出发，强迫群众去斗争的冒险主义；同时还要反对落后于群众，不敢及时组织和领导群众坚决进行斗争的尾巴主义。既要反对强迫群众的命令主义，又要反对听其自然不努力在群众中做工作的自流主义。

这四条本来无论地上党、地下党都是适用的，不过地下党在应用时，还有其一定的特殊性，有其应该强调的方面，这就是：

（一）要更细心和耐心地接近群众，和群众生活在一起，同甘共苦，从交朋友开始，谈知心话，关心其疾苦，帮助解决具体困难，同时启发其政治觉悟。地上党可以利用的许多宣传教育形式和工具，地下党是无法利用的。

（二）要不惜利用分散的、小型的、生活性的、社会习惯性的组织形式，以为入手，逐步在斗争中提高到集中的、政治性的、大规模的组织形式。不怕利用生活的、社会性的、分散的群众斗争，以发展到政治的、大规模的、高级的群众斗争，以至发展到最高级的武装斗争，夺取政权的形式。

（三）要不拒绝和改造旧的群众组织，要不害怕利用敌人的群众组织，在其中进行工作。不要嫌其反动和落后，只要那里有基本群众存在，我们就要去工作。

（四）要善于利用合法的形式、合法的法令和社会习惯进行斗争。利用敌人带有欺骗性的虚伪的民主形式，以及现有法令来循名责实，要求兑现，以敌人的武器来揭露敌人，打击敌人。

（五）一切组织形式服从于斗争任务，一切斗争任务服从于发展和壮大自己，削弱和消灭敌人的目的。因此要注意斗争的有理、有利、有节的原则，要能得到广大群众的支持和社会的同情，要不斗则已，斗则必胜。注意适可而止，要一个仗一个仗地打。

（六）要注意保护群众的斗争积极性，要注意保护群众的安全，特别是群众领袖人物的安全。

（七）把群众组织和群众斗争的重点放在工人、农民基本群众中，但也要注意对革命知识分子和学生的组织和领导，充分发挥他们的先锋作用和桥梁作用，但不能老停留在这些桥梁上工作。

（八）地下党所进行的一切群众斗争要经常注意主动配合老根据地的斗争，配合党的总的斗争任务，同时还要注意往武装斗争的方向发展。

（九）必须把敌伪组织，特别是带有群众性的敌伪组织的反动头目和其下面的广大的一般人员相区别，例如黄色工会这样有大量基本群众的组织。即使像"三青团"这样的组织，也要把其反动的头目和一般的三青团团员相区别。对于一般的三青团员以及一般的国民党员不要采取一律敌视的态度，不要嫌弃这些一般成员的落后，而要分化瓦解，对愿意进步的要争取教育。只要不是敌伪头目、特务、工贼、奸细分子，都要耐心做工作，以最大限度地孤立最顽固的敌人。

九、提高警惕，严防破坏

> ☆ 地下党斗争必须提高警惕，严防破坏，充分注意秘密工作，严格检查和执行秘密工作纪律和规定，经常进行秘密工作教育和革命气节道德教育。

地下党是在敌人统治的白区工作的。国民党拥有一切专政工具，为了专门对付共产党的地下斗争和革命人民的斗争，而组织起庞大的特务机构、宪兵、警察、保安部队。他们还向日本、德国特务机关，特别是向美国特务机关学习到许多破坏共产党的极其狡诈的，而又非常毒辣的办法。他们自己也在长期和我党斗争中积累起相当多的反革命的经验，可以说他们是集中国封建主义和外国法西斯主义的反人民手段之大成的。同时他们完全抛弃了资本主义国家那套虚伪的民主假面具，赤裸裸地毫不容情地进行镇压和屠杀。封建主义的野蛮性，法西斯主义的残酷统治办法，以及种种杀人的"科学"的工具都有了。因此地下党的秘密工作是保存自己利于斗争必不可少的重要工作，搞不好就有亡党亡头的危险，是不能掉以轻心的。

第一，地下党领导必须注意秘密工作问题，必须经常对广大党员和群众领袖进行秘密工作教育，制定必要的秘密工作的纪律、规定，随时检查其执行情况。如有违反，立刻纠正。必要时须执行纪律，并作善后处理。最重要的是向党员进行政治坚定性和斗争顽强性的教育，同时介绍一些秘密工作方法，包括一些行之有效的技术方法，并作合乎实际的创造发展，及时交流经验。要经常关心群众领袖的安全。

第二，要教育党员不可把秘密工作神秘化。要知道秘密工作固然很重要，是为了保存自己的，但保存自己不是消极的。秘密工作本身不是目的，而是为了党的工作的发展，为了对敌斗争的胜利。秘密工作不能妨碍党的一切宣传组织工作的开展和对敌斗争的开展。一定要放手大胆地工作，教育党员要有勇敢机智，不怕牺牲的精神。敌人虽有各种专门反共的组织，但他们的漏洞很多，效率不高，最根本的他们是反人民的，得不到人民的支持，单靠一套单纯技术是莫奈我何的。只要提高警惕，遵守纪律，是不可怕的。切不可为了秘密工作，闹得疑神疑鬼，草木皆兵，捆绑了自己的手脚。无所作为，消极地埋伏隐蔽，单纯技术观点是有害的。

第三，更要紧的是教育党员，在白区活动最有效的隐蔽方法是深入到群众中去，和群众一起生活和斗争，和群众同呼吸共命运，就能得到群众的支持和掩护。这是最有效和最安全的隐蔽方法，同时也开展了工作。深入群众，发动群众，组织对敌人斗争，就如深入大海，虽然掀起波浪，敌人明知我们在其中活动，也无可奈何。这是规律：进攻是保存自己最好的办法，依靠群众就有安全。

第四，必须对地下党员进行政治思想教育和革命气节道德教育。要相信自己的事业是完全合乎正义的，不惜牺牲自己个人的一切，随时准备不惜牺牲自己的生命去殉我们的事业。自己被派到白区工作是自己的光荣。要相信胜利，准备牺牲，遇事沉着，临危不惧，在任何情况下不能张皇失措，临阵脱逃，更不能动摇自首，叛变投降。这是与共产党员的称号绝不相容的，和党纪绝不相容的，必须要得到应有的惩罚，而且敌人也绝不会让这种癞皮狗好活好死的。要经常用革命先烈的英勇事迹作为教材，鼓励大家向他们学习，继承先烈遗志。总之，主要靠政治，二才是靠技术。秘密工作技术也只有被有高度政治觉悟的党员掌握应用，才会有效，才会有所创造，开拓局面。

第五，当然，也不可不注意把敌人对付我们的一些活动规律，一些破坏我们的方式方法，各种阴谋诡计，以至各种技术，告诉我们的党员和群众领袖，引起注意，并研究对策，使之遇到这种进攻时，能够沉着应战。

第六，地下党的领导机关应该有经常的应变计划，一遇发生组织破坏事故时，要沉着机敏，遇事不苟，临危不惧，临难不屈。做领导工作的同志即使有被捕的极大危险，也要坚持下来，及时进行组织的切断、疏散、撤退，防止事故的进一步牵连和扩大。要坚决反对在敌人强力进攻，突破我们阵地后所出现的张皇失措，逃跑溃散现象。要发扬不怕死的精神，只要一个"不怕死"，就什么也好办了，办法也就会多起来了。只要事先有应变计划和准备，临事又坚定沉着，就会应付自如。切不可对敌人有任何幻想，以为他们不知道，不会那么办，等等。要把一切可能性都估计进去。敌人固然是脱离群众的，效能低的，但不能把安全计划建立在这个基础上，这样才不致被动。也不能以为某些同志平时表现很好，相信他们被捕后会是坚定的，不会投降出卖，因而可以不按秘密工作的规定进行转移和疏散。诚然这些同志是可信的，但不能把安全计划放在这个基础上，而必须坚决地按党的秘密工作原则进行疏散和撤退。这是原则，不可违反。

十、一切从实际出发，进行长期艰苦的斗争

> ☆ 地下党斗争必须懂得革命事业胜利的必然性，同时要注意斗争的长期性和艰苦性，斗争的复杂性和反复性。埋头苦干，坚韧不拔，相信胜利，准备牺牲。必须注意从实际情况出发，特别注意矛盾的特殊性，根据具体情况进行具体分析。坚定正确，灵活机动。

地下党斗争必须充分认识斗争的长期性和艰苦性。我们是在敌人的心腹地带进行活动的，敌人引为心腹之患，他们会千方百计地破坏我们，企图消灭我们。而我们在地下党活动的整个时间，在力量上和敌人比较，要相对地弱小一些，敌人是相对地居于主动进攻的地位，因而决定了我们斗争的艰苦性。我们就要有坚韧不拔，勇敢战斗的精神，要有灵活机动，克敌制胜的战略战术；不怕失败，不怕暂时的后退。革命总是有来潮退潮，前进和后退的，有胜利也会有牺牲的，但是总的来说，我们是一定会胜利的。

我们既然认识到地下党工作斗争的长期性，就必须知道要深入群众，一点一滴地，稳扎紧扎地进行艰苦细致的群众工作，就要爱惜群众积累起来的力量，不到时机成熟，没有很大获胜希望，不要轻率地发起进攻。要组织统一战线，最大限度地团结一切可以团结的人，争取和中立一切可以争取中立的中间阶层，分化瓦解敌人，最大限度地孤立和打击最顽固的敌人，反对孤

注一掷的拼命主义，反对消极隐蔽的保守主义，要准备在艰苦的环境中熬它十年二十年，甚至更长的时间。

对于地下党斗争的长期性和艰苦性的认识与不认识是大不一样的。许多工作的错误和失败是由此而发生的。急性，盲动，蛮干，以及消极隐蔽，死埋伏，无所作为以致蜕化变质，就是这种错误思想所表现出来的不同形式，也就是不认识地下党斗争的长期性和艰苦性，在不同的政治思想条件下出现的情况。

地下党斗争和党的其他斗争一样，是有其普遍的规律性的，但从实践来看，我们更须注意地下党活动的特殊性。列宁说："马克思主义最本质的东西，马克思主义的活的灵魂，就在于具体地分析具体的情况。"正是如此，地下党斗争不仅因国家的不同，会有其特殊性；就是在中国的各个不同时期，在各个不同敌人统治下做地下工作，也会有其特殊性；在不同的革命阶段，不同的政治任务和斗争口号下，也各有其特殊性；就是在一个地区的一个时期中，在同一的敌人统治下，也会因政治任务的不同，敌人和同盟军的变化，政治形势的退潮和来潮，敌我力量的消长等等，有其特殊性。因而必须有不同的斗争方式和方法、不同的组织形式。如果不注意具体地分析具体情况，只从一般的抽象原则出发，一般的政治口号出发，一般的地下党活动规律出发，去指导工作，是一定会碰钉子，栽跟头的。在革命急剧发展的过程中，客观情况是发展得很快的，如果死守住一般组织形式和斗争方法，把敌人看得一成不变，看成铁板一块，把中间阶层看成一成不变，不会摇摆，我们就会失去决定斗争策略的根据。"左"倾或右倾错误往往就是在这种情况下，昧于实际而发生的。我们做地下党工作的困难也就在这一点上，领导的艺术也表现在这一点上。教条主义和经验主义对于地下党斗争是非常有害的，往往要付出流血的代价，甚至弄到亡党亡头的悲惨结局。

第二部分

白区地下党工作的十个主要问题

一、 调查研究，了解情况

深入了解客观实际情况，随时掌握情况的变化，并用阶级分析的观点，进行正确的分析和估计，是一切地下党活动特别重要而又比较困难的事。到一个地方，对那个地方客观存在着的尖锐复杂的社会斗争了解很少，又不善于做实事求是的分析，便去发号施令，指导工作，一定会失败，以致带来很沉重的损失。领导者主观主义，单凭热情和感想办事，是出娄子的重要原因。

调查研究，了解情况不外乎敌、我、友三个方面。

"我"的方面，包括地下党的组织情况，工农基本群众的情况，知识分子的情况。地下党组织情况应了解本范围内党组织的分布，发展的历史，活动情况，主要干部的情况，秘密工作情况等。这种了解自然是在秘密工作纪律所容许的限度内，不能超出自己的工作范围和自己应知道的事情的范围去打听全部组织的详细情况。

了解工农基本群众的情况，要注意了解他们的生活和工作情况，主要是他们受压迫受剥削的情况，他们的思想和情绪，他们的愿望和要求，他们在当时最痛恨的事情是什么？最痛恨的人是谁？他们所进行过的各种斗争的情况，成败得失如何？他们中有些什么进步组织，中间性的以至封建迷信组织，敌人所强加于他们的有些什么组织？他们在各种斗争中所涌现出来的活动分子和领袖人物，尤其要有清楚的了解。这些组织和人物与我党的关系，与敌党的关系怎样？

对于当时当地的经济情况的调查和阶级力量对比的调查也是很重要的。假如得不到详尽的数据，也要有一个基本的概念。这是进行活动，决定政策策略的客观物质基础。阶级敌人对于基本群众实行统治的基本方法和手段也要了解。对于城市小资产阶级劳动群众，知识分子，教员，公务人员，各种职员、店员的生活情况，思想情绪，斗争要求，也要了解。他们同样是遭受压迫，朝不保夕，生活不稳定，要求改革。他们在配合工农基本群众斗争中常常可以发挥重大的作用。对于青年学生知识分子，特别是大学生和中学生的情况，要作更多的了解。这些力量往往形成我们开展斗争的突击力量，起着某种先锋作用和桥梁作用。

"友"的方面，包括各种中间势力，在民主革命中包括民族资产阶级，开明士绅，地方实力派（地方军队在内），还有国民党中处于中间状态的"中央军"中的中间派，上层小资产阶级，各小党派，一共有七种。中间势力是随历史的发展而时常发生变动的。其中有许多是很不稳定的，有一些只是间接同盟军（在某一时间，某一特定的斗争中，反对某一特定的敌人时，和我们采取同一的立场，但对我们并不一定采取组织上的联合）。有一些则是明天的敌人，下一步的斗争对象。民主党派和其他小党派是这些中间势力的政治代表，要特别注意了解。要了解这些势力首先要了解他们所代表的阶级是什么，他们与当时的社会经济和政治有什么息息相关的联系。他们当前的政治态度包括对我和对敌人的态度，他们的政治要求，口号；他们的组织形式，头面人物；他们和敌人的矛盾和斗争的情况，他们和我们的关系，包括又联合又斗争的情况。特别注意在各个政治转折关头他们的政治态度和动向等等，都是必须了解的。

对于民主党派、社团的了解，对于无党派进步人士的了解，对我们的工作和斗争有特别重要的作用。民主党派和社团有比较激进的，有比较中立的。有的比较靠近我党，愿意接受我党的领导，拥护我党的政治主张，并在我党领导的各种斗争中和我们协同一致进行斗争，这是属于应该紧密加以联系团结的进步力量，和我党可以构成战斗联盟。有的民主党派则比较中立，但比较靠近我们,这也是必须团结的中间力量。但也有游移于国共两党之间的民主党派,有些斗争可以响应我们的号召,有些斗争则只保持中立。至于民主党派、社团的个人以及无党派知名人士的政治态度如何,应该有个别的单独的了解,情况是十分复杂多变的。有的很进步的民主党派、社团中,也有很顽固、对我们多有猜忌甚至不够友好的人;在中间性质的党派和社团中,却有十分进步的人士,愿意接受我党的领导。至于无党派知名人士中就更不一样,有各种不同政治态度的人,有在这个问题上赞成我们的主张而在另一个问题上则保持独立、中立以至持反对态度的,这些情况都应作具体的了解和分析。在这些民主党派、社团和知名人士中,还可以发现某些在不同情况下造成的我党脱党分子,他们还愿意革命和进步,但已经无意于或不能再回到党内来,让这些人留在民主党派和社团中或保持无党派进步人士身份,而又可以和我党建立秘密往来的关系,这是对我们有利的。就是在敌人的营垒里,也可以找到反对国民党倒行逆施政策的有名的头面人物,这些人在某些时候能起重要的作用,他们也是我们的朋友,必须加以了解和建立联系。

"敌"的方面,"认识敌人"是地下党活动中头等重要的事。"知彼"是进行胜利斗争的先决条件。认识敌人不能停留在表面现象上,而要深入认识敌人的本质,敌人的阶级本性。我们的敌人是以蒋介石反动统治为代表的中国买办性官僚资产阶级、封建地主阶级和站在他们后面的各帝国主义。蒋介石国民党的反动统治是凶恶的,狡猾的。他们继承了中国封建主义两千年来统治人民的野蛮性和残酷性,他们又向日本、德国法西斯,特别是美国学习了现代化的统治权术,包括现代化的特务技术,一套欺骗人民的"心理作战"技术,一套专门对付共产党和革命人民的办法。对于这个敌人的凶恶、狡猾,要有足够的估计,不然会犯盲动和"左"倾的错误。但是更其要紧的是我们要从本质上认识敌人是反人民的,是脱离群众,极其虚弱和孤立的,他们经常处于广大的人民的包围之中。他们的行动总是违反历史潮流的,是一天天走向灭亡的腐朽势力,他们暂时的倒行逆施并不表现他们的强大,而说明他们的反动统治已走到穷途末路了，只能用恐怖、屠杀来维持其统治。这正表现他们的虚弱和愚蠢。他们的内部是矛盾重重，四分五裂的，他们的工作是腐败而缺乏效率的，他们时刻坐在人民革命烈火即将爆发的火山口上。我们必须这样从本质上来认识他们，不为他们一时的貌似强大和气势汹汹所吓倒。只要我们善于把广大人民群众的革命积极性最广泛地组织起来，采取正确的政策和策略，组织有效的斗争，是完全可以打倒他们的。不这样来认识，便会产生畏首畏尾，不敢斗争，不敢胜利的右倾思想。对于敌人的反动本质上的认识，必须在一切地下党员的头脑中牢固地树立起来。

　　认识敌人的什么？除了要了解整个蒋介石国民党反动派的经济形势、政治动向、社会势力、统治权力机关的一般情况，即掌握矛盾的一般性外，尤其要了解自己工作地区、部门、单位的敌人的具体情况，即掌握矛盾的特殊性。我们必须着重了解自己面临的敌人的经济、政治、社会情况；了解他们的经济基础，他们赖以支撑其政权的经济实力如何，发展趋势如何，他们怎样对人民进行剥削和压迫以及人民的反应如何，从而决定斗争的策略和工作方法。政治是经济的集中表现，敌人的活动往往是从政治上、政权机构的活动上表现出来的。敌人在政治上的基本态度，基本倾向是什么？有些什么互相依存的而又互相斗争、互相矛盾的政治势力？国民党中央以蒋介石为代表的，总是分成许多派系的，这些派系各代表什么阶层和政治力量，有些什么头面人物，他们公开表现出来的政治态度特别是对我党的政治态度怎样？敌人颁发了什么政策法令，执行结果如何？从这些方面是可以看出他们的统治能力和效果的。敌人进行统治的社会基础，有农村的地主势力，封建会道门势力，城市的各种社团的势力。不仅要了解其上层的社团，资本家的社团，上层小资产阶级的社团，更要注意其他基层的社团，如黄色工会、三青团、妇女会、农会等官办社团的活动情况。不仅要了解其公开的社团，还要注意其某些秘密的社团；不仅要注意其各式的社团，更要注意其帮会势力的社团，这种封建迷信社团甚至比国民党的工会、三青团、农会等组织更加错综复杂，更为广泛一些。比如"袍哥"（在四川的封建会道门组织）、青帮、红帮之类。敌人利用这些社团组织是和我们争夺群众的，是为了防止我们去组织群众而建立的，这也正是我们应该打进去对基本群众做工作的对象。城市中还有帮口、同乡会之类，农村还有土匪势力，这些落后组织虽然有时表现为对敌人统治起破坏作用，但更容易为敌人收买掌握，支持敌人对我们的斗争。

要认识敌人这些脚脚爪爪对地下党活动的危害性有其直接的关系。因此必须首先加以调查和研究的是敌人的专政工具情况，即敌人的特务、警察、宪兵、军队、保甲、团防及特务外围组织情况等，这些力量是专为巩固敌人的政权，对我们和革命人民实行反革命专政的。敌人的正规军队及他们的保安团队的人数实力、驻地、调动情况、领导人员情况当然应该了解，并由地下党的情报系统随时报告给上级和中央。这些力量对于地下党尚未发展到公开的武装斗争时，虽然没有太直接的关系，但对老根据地的武装斗争却很有关系，应加以注意。还有一种敌人的潜在武装力量，即散布在农村的地方武装、地方自卫队、保甲武装。这些武装是我们在农村活动的主要障碍，又是将来进行农村武装斗争的重要斗争对象。要努力实行"枪换肩"，以组织充实自己的武装。土匪的武装也是我们进行"枪换肩"的对象，应予注意。

敌人的宪兵、警察、特务及特务外围组织是直接对付我党和革命人民的，必须给予最大的注意，千方百计掌握他们的情况，不仅要了解他们的力量多大，驻地分布，系统，重要领导人物，活动情况，而且要了解他们的活动规律，对付我们的政策、策略、办法，各种狡猾的阴谋诡计，以及对我们实行侦察、逮捕、审讯、"红旗"政策等等和美国式的最新"科学"技术等等。并以之为反面教材，教育党员和进步群众，知道情况，有所戒备。

敌人的特务势力，是我们要第一个注意的，但根据经验还不止此，敌人还从美国学来一套"心理作战"的东西，不可忽视。他们和我们长期斗争，总结出"以组织对组织"，"以宣传对宣传"，"以群众运动对群众运动"的办法，这是他们的"新发明"。他们不满足于血淋淋的逮捕和屠杀，还要用明的暗的、文的武的两种手段。如大量出版反动报纸、刊物、书籍，散发传单，书写标语，散布谣言，伪造证据，在中间分子和一般群众中煽动反共，诬蔑共产党。他们甚至动员御用组织搞示威游行（如搞过反苏游行等），利用一般群众的某些狭隘民族观点、爱国思想，诬蔑我们共产党为汉奸，不要祖国，共产共妻，总之十恶不赦。甚至组织大会，大报告，学术讨论，理论研究，曲解我党政策、口号、言论和从马列主义中断章取义等等，干些诬蔑我党的勾当，企图在群众中把我党孤立起来。这一套"心理作战"技术，美国特务十分重视，他们想和我们争夺群众，用美国式的民主，温和的改革，民主个人主义等花样来代替人民革命，用非暴力斗争来代替民主主义革命，他们特别想和我们争夺知识分子、青年学生、教授、学者、自由职业者。对于敌人的这些手段不能掉以轻心。当然，由于敌人在本质上是反人民的，这个根本弱点他们是无法克服的，他们搞的那一套是虚伪的，做作的，即使有一些群众一时受其蒙蔽，为之愚弄，最终必然在我们进行艰苦细致的工作后，逐渐觉悟，并在群众大斗争中为我们所揭露，广大的基本群众就会觉悟过来，看穿他们的嘴脸，从而起来反对他们。因而敌人在这方面有些什么作为，我们是应该特别注意的。

我们必须用一切办法来收集敌人专政机关对付我党的一切资料和情报，进行认真的研究。除收集敌人公开发行的有代表性的报纸、刊物、公报、专刊、政策、法令、统计资料外，还要收集敌人的内部文件资料，包括他们对付我们的工作报告、总结材料、研究资料、教材（包括特务的侦察、行动、审讯、暗杀、"红旗"政策的技术教材）；不仅收集文字的，也收集非文字的情况，他们的活动倾向，力量调度、重要头目的行踪等。他们的特务机关，集中营、监狱、拘留所的位置和守备情况，不仅了解他们的公开的特务组织、警察、宪兵机构，还要留心他们倚为爪牙的外国特务组织，如防谍通讯网、通讯员之类的组织和人员，这种组织的人员几乎深入到每一个机关、社团（特别是新闻通讯社及报刊社）、学校、工厂以及乡村和会道门、流氓组织之中去了。这些人员或者完全看不出其政治面目，或以"左"的面目出现，暗地进行侦察密报，以至混入群众组织，妄图借此混入党内从事阴谋活动。这是不能不警惕的。不过他们既要干坏事，就不可能把它的本来面目掩盖得很彻底，只要留心，总是可以看出来的。

认识敌人、了解敌人应有重点，不可能无目的地乱收一通，搞繁琐哲学，做学究式的研究，这是第一。第二，我们不可能把情况收集得很齐全，特别是他们的专政机关都处于保密状态，因此，我们要善于从残缺不全的资料情报中进行分析和估计，许多事情需要我们根据平时了解的敌人的活动规律加以补充。只要我们有大体不错的估计，把保险系数多打一点，把困难设想得多一点，可能性想得周到一点，事先又做了假如失败后的应变措施，就可以行动。如果希望把行动建立在完全有材料和十分可靠的基础上，那只是幻想。我们既要反对不注意调查研究的盲目蛮干，又要反对不十拿九稳就不敢干的右倾保守思想。第三，认识敌人主要是要认识敌人的反动的虚弱的本质，同时又要认识敌人愈是接近灭亡越是要挣扎的疯狂性。认识敌人无时无刻不在千方百计地破坏我们，不断地在侦察分析我们的活动规律。我们也要针锋相对，无时无刻不在研究敌人破坏我们的活动规律，要充分注意敌人将对我们采取行动的先兆，这种先兆，只要注意总是可以看出一些来的。第四，我们只能一面活动，一面调查研究，不可能先作了周密的完备的调查才开始行动，只能在斗争实践中不断调查研究，不断深化我们的认识程度。

二、生根开花，开辟工作

每一个到敌人统治区做地下党工作的同志，首先必须具有做革命种子的精神，越是困难的地方越是要去的精神。白区是敌人对广大人民实行残酷压迫和剥削的地方，"人民正在受难，我们有责任解救他们"，那里人民迫切要求斗争，要求我们党的领导，只要我们到了那里深埋进人民的土地中，那里就是温暖的。好好扎下根来，不断地工作，相信春天，相信革命的高潮一定会到来。然而春天不是等来的，是我们依靠人民群众，做艰苦细致的工作，努力奋斗迎接来的。万紫千红才是春。所以到白区工作的同志首先要有"不怕冷落，不甘冷落"，去白区开展工作，争取斗争胜利的信心。

其次，到白区工作的同志要有"下定决心，生根开花"的思想。要相信敌人愈是实行残酷的剥削和压迫，愈是反动，人民愈是反抗和要求斗争，这是敌人给我们提供进行斗争的社会基础，提供了让我们去宣传、去组织的对象，打开局面，生根开花是完全可能的。

再次，到白区工作的同志还要有"乘敌人之隙，争取胜利"的思想。敌人统治的残酷性，一方面给我们带来了工作上的困难，另一方面又给他们自己带来了更大的困难，脱离人民，使自己处于四面受敌的地位。敌人统治的反人民性必然带来其统治的漏洞百出，因而我们乘敌之隙，争取胜利的可能性是很大的。敌人貌似强大，实极虚弱。表面上我们在白区工作处于敌人的包围之中，而实际上敌人却处在广大人民的包围之中。只要我们依靠和发动群众，在一个局部地区或部门，在某一段时间内使敌人处于我们的包围之中，被我们进攻和歼灭，取得政治斗争的胜利。一个地区一个部门能这样办，积小胜为大胜，发展下去，促成整个形势发生变化，迎来革命的高潮。所以工作的社会基础，胜利的条件是客观存在的，只待我们去争取。

到白区做地下党开辟工作的同志，首先要有以上三点认识，才可能去下种、扎根、开花、结果。过去在白区我们撒了许多种子，为什么有的生根开花，有的却无所作为，和有无这三点认识的关系很大。

有了这三点认识，具体工作怎么办？

白区地下党的开辟工作，根据政治形势的不同，有不同的工作方法，主要的有革命高潮和革命退潮时期的区别。

（一）在革命高潮时期，敌人被迫给了有限度的民主和合法活动的时期，应该用放手大胆、大刀阔斧、开门、分散布点的方法，不失时机地用大规模的宣传形式和组织形式，造成轰轰烈烈的群众运动的局面，先把局面打开了，再紧跟上踏实细致的组织工作，巩固已开展的工作，依靠建立起来的党的核心堡垒，大吞大嚼，再来反刍消化。要切忌轰轰烈烈而空空洞洞，雨过地皮湿的做法。切忌组织工作、巩固工作的缩手缩脚，落后于形势的做法，同时要反对关门主义和保守倾向。

在这个时期中要尽量利用一切合法的报纸、刊物、书籍（主要是政治性的小册子，社会科学基础知识小册子，以及小说、诗歌、报告文学之类），大规模宣传党的政治主张、政策方针，报道党和群众的进步活动。同时组织各种形式的宣传活动，如歌咏、演戏、报告、演讲、讨论、座谈。更要紧的是，紧接着宣传要用各种组织形式，把群众组织起来，在工厂、农村、学校、机关、社团，以及各种名目的组织，进行进步的政治活动。进一步组织一个地区、一个城市的工人、农民、妇女、青年、学生、文化界的统一群众组织，然后又进一步组织这些各界群众组织的联合组织，开大会，组织大游行，作大报告，做大规模进步的宣传活动，造成一个热潮。这里应注意两点：一、宣传工作和组织工作不可分，边宣传边组织，宣传就有组织。二、不要怕牌子大，不怕空架子，先打出牌子立起架子来，随即充实。只有打出旗号才能集合群众。局面打开以后，更要紧的是在这些各种群众组织中进行深入细致的组织工作，努力发现在群众活动中涌现出来的积极分子，和他们谈心，交朋友，进行个别帮助教育。经过考查，把他们吸收入党或党的外围组织中去，使这些力量成为各种群众组织的领导核心，并从他们之中选拔一批骨干，到新的单位或新的团体去开辟工作或加强工作，扩大组织力量。

这种宣传工作或组织工作，自然不是一帆风顺的，敌人一定会拼命和我们争夺群众。他们要在群众团体中拼命争领导权，抓领导人物，用各种借口来妨碍进步团体的活动。他们不惜利用他们的合法政权，颁发反动法令来阻挠和干涉；还要暗派特务进来拆台，或者他们抢先组织空有其名的社团，占着茅坑不屙屎，或者和我们唱对台戏，演双包案，还可能散布流言造谣诬蔑，制造纠纷，派特务打入进步组织挑拨离间，进行破坏；还会利用一些地痞流氓在特务的指挥下,故意寻衅打架,冲击会场和团体,制造事故,倒打一耙,公布假证据,信口雌黄造舆论,然后利用政权,公开宣布取缔这个,禁止那个,等等。这些事是必然会有的,因为这是阶级斗争,不足为怪。问题是我们要事先预料到这样的事,并与之进行有效的斗争,打退他们的攻势,同时必须开始有一些力量向地下转移,向别的地方转移,到农村去,到敌人统治薄弱的地方去。这就要准备两套班子,准备随时由公开向秘密转变,合法向非法转移。要预防敌人从外部来的突然袭击;要预防敌人混入我们内部来,混入群众组织,核心组织,以至党的组织,进行破坏。所有这一切是不能麻痹大意的。

  在这方面,我们过去有成功的经验,也有失败的教训。满足于合法斗争,不注意非法斗争;满足于公开斗争,不注意秘密斗争;满足于在大、中城市的轰轰烈烈的群众活动场面,不注意在农村做深入的艰苦工作;满足于青年和知识分子的组织活动,不注意工人、农民基本群众的发动和组织,是一定要吃亏的。更其有害的是有的领导对敌人的表面的、一时的开明姿态,一时的开放,寄以幻想,产生右倾投降主义,以致一当敌人暴露其反动面目,对我们进行突然袭击,就断送了我们辛苦创造起来的群众组织和党组织,使大量骨干损失掉了,或者蜕化了,或者销声匿迹,无所作为了。这在抗日战争初期,在武汉时代曾经出现过的新投降主义,是深刻的教训。

  有一点应该特别注意,在能够进行公开合法活动的时期,不管政治条件多么好,除开和敌人公开来往的上层统战工作的党员外,党的组织、党的外围组织都必须是秘密的,党员也是秘密的,虽然不如在白色恐怖严重时期那么严密,某些组织和党员个人的暴露看来也不十分要紧,但必须力求保持秘密工作系统。这样既有利于指挥斗争,也便于随时转入地下,公开半公开的或暴露较多的党员,必须随时准备转移阵地。一旦发现敌人有进攻迹象,立刻行动,从做公开工作转移到其他地区做秘密工作。

  在政治形势同样处于高潮的时期,也有两种不同状态,因而有不同的做法。一种状态是统治阶级和我们处于"合作"状态,我党有公开半公开的活动权利，群众可以在敌人被迫开放的民主条件下活动，如抗日初期的武汉时代，在这种条件下就适用上述的宣传和组织方法。另外一种是由于我党和群众以及友党的活动，在白区形成了民主高潮，而敌人对我党和群众仍然采取高压政策的时期，如抗日战争后期1944年至1945年之际，以蒋管区的昆明、重庆、成都等地为中心所形成的民主高潮，以及后来1946年至1948年以北平、天津、上海、武汉等地为中心发展起来的民主运动高潮。这是争取得来的民主高潮时期，群众在我党领导下，政治活动处于比较活跃，敌人处于被动，穷于应付而又拼命镇压的时期。这是革命来潮时期，各种群众运动和组织处于非法而又公开活动的状态，处于强制合法的状态。在这种状态下，群众组织可以是各种各样的，可以是大规模的、统一战线式的，其政治活动也是大规模的，但是其领导和领导者的活动却是秘密的，党的组织，党的外围组织，作为群众运动的核心领导力量是秘密的，而其表现出来的群众斗争，如集会、示威游行、罢工罢课等则是公开的。

这种状态的出现，开始时，是在革命退潮时期，我党一点一滴地积蓄力量，用小型的、生活的、秘密活动的形式，对群众进行团结教育，然后进一步发展到大规模的政治性的组织形式，由生活的斗争发展到政治斗争。这时在这些小组织中，已经形成了党的核心领导力量。形势推向高潮后，虽然斗争规模可以很大，却是非法的，敌人镇压、对抗得很激烈，常常表现为公开的冲突、武装的冲突，出现流血、牺牲、失踪、被捕等。领导这样的斗争，既要大胆，坚决冲锋，压倒敌人，同时要求事先做缜密的准备，情况的熟悉，统战工作的支持，社会的同情，还要有党在群众中的领袖人物能够在党的领导下，率领群众向敌人冲锋陷阵，有更高的斗争艺术，有更灵活机动的战略战术。要不斗则已，每斗必胜，要适可而止，一仗一仗地打下去；要保护群众的积极性，尽力减少不必要的牺牲；要保护党员和群众领袖的安全。这种斗争可以迅速提高群众的政治觉悟，揭露敌人的反动面目，扩大我党的政治影响，从而便于我党迅速地开展党的组织工作，把群众斗争中经受考验的活动分子吸收到我党内或党的外围组织中来，成为党的干部。同样的高潮，有不同的宣传、组织和斗争方法，这就是从实际出发，注意事物的特殊性。

（二）在革命退潮时期，白区地下党的组织，一般是十分精干隐蔽的，党员数量不多，许多地方是空白点，只能派党员去那里长期埋伏，一点一滴地积蓄力量。这时敌人是实行严重的白色恐怖，逮捕，屠杀，镇压革命，我们虽然不能组织群众进行更有效的、规模较大的斗争，但仍然是有办法去开辟工作的。

首先，派一个党员到这类白区去，要像一粒种子撒到那里，深深地埋入群众之中，准备长期地、耐心地进行一点一滴的工作。先找好职业掩护，把自己的脚跟站稳，反对急性和暴露。细心观察周围的情况，认识政治环境及敌人统治情况，了解群众思想和生活情况，了解敌人和群众的根本矛盾所在，敌人内部的矛盾何在。然后开始和进步分子及中间分子建立友谊关系，交上一批朋友。做到"勤学，勤业，勤交友"。不要一到那里就大喊大叫，一下暴露自己，这样做是愚蠢的，不仅敌人会发现你，把你连根拔掉，进步群众也因你太"红"，不敢接近你，敬而远之，自己反而孤立了。在那里立脚时，外表看来只是一个勤于学习、勤于事业的人，急公好义的人，正直可亲的人。决不能对敌人表现出卑躬屈膝的态度。站住脚跟，交上朋友，就是胜利。这是第一步。

第二步，注意群众思想，关心群众思想，关心群众生活。调查了解群众生活上的疾苦，他们的愿望，他们的困难，即那里的群众感觉最烦恼的是什么，最痛恨的是什么人，这就是群众的疾苦。了解并关心群众的疾苦，和群众就有了共同感情和共同语言，这就叫与群众一条心。然后在广泛交朋友中来摆困难，谈痛苦，查根源，想办法，从群众的切身利益中逐步引导到政治上去，认识受剥削和受压迫是在于国民党的罪恶统治，引起他们对反动统治的仇恨，从而要求自己组织起来，求得解放。在这中间可以发现积极分子，看其当时情况，用群众能接受的组织形式把大家组织起来，相机进行为内外环境所容许，群众又愿意进行的斗争，逐步从生活斗争提高到政治斗争，从一个单位的单独斗争发展到联合别的单位的共同斗争，组织形式也随联合斗争而跟上去。同时在这个过程中，物色积极分子，深入交朋友，谈心，讨论问题，阅读进步报刊，介绍我党情况，把核心分子的思想觉悟进一步提高，从而作为党的培养对象，使之成为斗争的领导核心。我们可以依托这些核心，向外扩张。反正对反动统治不满的人是很多的，可以用这种形式那种关系把他们发动起来，联合起来，进行斗争。同时对于当地的合法组织（如工会、学生会等）要努力争取派人打进去，争取领导权，只要我们是真心为群众谋解放的，也没有提出不切实际的组织形式和斗争口号，群众总会拥护在那里面的我们的人，争取完全的或局部的领导权是完全可能的。这样，我们在那里就不仅生了根，而且开了花，打开了局面，开辟了工作。

在具体做法上，因群众的不同而不同，要经常研究：

第一，在工人中：过去一般生根开花、开辟工作的办法是在工厂区办工人夜校，和工人交朋友，建立关系。但这办法后来敌人注意了，不让你办，那么可以通过各种关系挤进工厂的黄色工会里去，或在工厂找一个接触工人较多的小职员差事，或者在工厂区的中小学里担任教员，从学生认识家长，建立往来关系。能设法到工厂直接当工人，这就更好。如果要做人力车工人的工作，就一定要去拉人力车，做搬运工人的工作，也一定要去做搬运夫，这都是扎根所必要的。也有在工厂外开小铺子，为工人群众服务，这样来接触工人，并依托为群众工作据点。总之要和工人建立起关系。在与工人的广泛联系中，有重点地物色受压迫和痛苦最深的老工人，也有在较为活跃的青年工人中着手的。总之交上朋友，按上述办法，结合工厂实际，展开工作。在这过程中，敌人的特务谍报网，工会的工贼，工厂老板收买的流氓要来侦察、破坏，是不可避免的。只要我们不脱离群众，灵活机智地和他们斗争，总是能生根的。

第二，在农村中：假如去做开辟工作的人就是农民党员，自然最好，可以通过各种关系直接在农村安家落户，租种地主土地，或去当长年，就和贫雇农直接联系。这样对贫雇农做宣传教育工作就很方便，农民也容易接受宣传教育，生根开花并不困难。假如没有这样的农民党员，可以通过在农村的各种关系，找农村中的中小学教员的位置，农村中小学教员和农民是比较容易接近的。这样可以通过学生，通过家庭访问和农民接触；也可以首先和本地的贫苦的小学教员（他们多是贫苦的小知识分子，很容易接受革命思想）交朋友，做工作，在他们中建立起进步组织（公开的或秘密的），以至吸收他们中表现最好的入党，再通过本地党员和进步分子与贫雇农接触，进行宣传教育。在农村中学教书，可以和年龄较大的、家境贫苦的学生交往，进行教育，适当的时候可在他们中建立进步组织以至建党，再通过他们去做农民的工作。只要在这些小知识分子中建立党组织不困难了，到敌人的基层政权，乡保公所谋个小差事，接近农民也容易。只是农民往往对于这种政权的狗腿子深恶痛绝，必须取得农民的信任才行。在城市的工人、教员、学生、公务人员中，许多人在农村有联系，有些人和农民有直接的亲朋关系，也可以通过这些城里的党员和农民搭起桥来，开展工作，或者就调出这些同志去农村做党的开辟工作。有的地区什么关系也找不到，但又必须在那里开辟工作，则可以扮成游乡的小贩，挑上货郎担子，串门走户，和农民拉上关系，为他们捎点东西，在他们家临时借宿，都可以搭上关系，开展工作。在农村中落脚生根的办法是多种多样的，只要下决心去做，没有无法下种生根的道理。当然在工作中也要注意方式方法，不可操之过急，以免过早暴露，引起地主富农、保甲人员、谍报人员、封建会道门头头的注意，而且在教育和发展组织中，要很好处理农民被迫被诱参加会道门、流氓组织以至保甲武装的问题。

第三，在学生、教员和公务人员中，是比较容易做工作的。因为这些知识分子中有一些人，一般对政治比较关心，比较敏感，又常接触多种进步刊物，容易接近进步活动。只要有一批知识分子党员，投身于这些知识分子之中，勤学、勤业、勤交友，因人不同，施行进步思想的灌输，起初组织生活福利性的和文娱活动性的组织，或分散的秘密的读书会之类的组织，耐心地一个一个交朋友，说知心话，启发其政治觉悟，慢慢在他们之中建立秘密的进步团体或党的外围组织,在组织斗争中不断发现先进分子,培养这些人,吸收入党,从而成为群众组织中的核心力量和领袖人物。这样就打开了局面,建立起了党的工作基础,在这里特别注意的是要多做大学生和高中学生的工作。根据经验,白区的革命高潮和民主运动的兴起,往往是从学生运动开始的。学生运动是整个人民民主运动的一部分,"学生运动的高涨,不可避免地要促进整个人民民主运动的高涨"。这是中国革命的历史证明了的。深入的更扎实的农民运动和工人运动,往往在学生运动兴起之后。学生运动的先锋作用和桥梁作用,是要充分利用的。自然,我们永远不要长久地停留在桥梁之上,不能有先锋队而无主力军,在桥梁而不过渡到工农主体中去。学生运动是为了开展工人农民运动服务的,否则学生运动不能持久,也不能深入,不能走到正确的道路上去。必须教育知识分子下决心与工农群众相结合,否则会一事无成。要动员大量知识分子党员和进步分子到工厂去,到农村去,这是学生运动兴起后必须要抓的任务。因为地下党总是以发动农村武装为最后任务。因而要特别注意到农村去,甚至白区的工人运动也可以是为农村武装斗争服务的。同时农村武装斗争也需要工人阶级的领导和技术力量的帮助,根据地的工人、农民、学生结为一体,进行游击战争和建设,这条办法已经证明是行之有效的。

三、 群众组织, 群众斗争

对群众的宣传、组织,领导群众进行斗争,这是地下党活动最主要的最根本的活动。在白区党的组织和党的活动的目的就是发动群众,组织群众,进行斗争,以推翻国民党的反动统治。党与群众的关系是鱼水关系,依靠群众,就是胜利,脱离群众,就要失败。

(一) 群众组织问题

群众组织的方式和方法是多种多样的,随时间、环境、条件的不同而不同,随时间、环境、条件的变化而变化。由不定型到定型,由小型到大型,由分散到集中,由文娱生活性到政治性,由非法到合法,由秘密到公开,这是一个斗争的发展过程,是一个政治形势由低潮向高潮的发展过程。革命高潮的到来,当然和整个国家的政治形势有关,和当地的政治形势有关,但是主观能动的努力是十分重要的。要充分利用现有的客观条件,充分发挥主观能动性,并且不断努力创造条件,由困难的局面转变为比较顺利的局面,是完全可能的。积极组织广大群众和不断进行为当时当地内外条件所许可的群众斗争有决定性的意义。

在政治形势处于低潮的时期,通常的方法是党把种子撒到各地,落脚生根,用不定型的方式和群众建立广泛的联系,个别地做细致的工作。根据群众的觉悟程度和自愿,把群众用分散的、小型的、生活性、社会习惯性的各种形式组织起来,经过教育和参加必要的斗争,不断提高,发展到建立更富于政治性、集中性和群众代表性的组织。这种做法是和政治形势处于高潮时期是不同的。

在政治形势处于高潮时期,是采取公开的大规模的宣传办法,用各种大型的政治性的组织形式组织群众,先立架子,先有形式,再充实以骨干和内容,建立核心和党组织。活动则是采取轰轰烈烈大喊大叫的,大量的训练班(队、团、学校),示威游行,集会,等等。当然不到有了一定力量的时候,是不应亮开来展开斗争的。

对敌人现有的组织,必须打进去进行改造,并进行适当的合法斗争。如黄色工会,学生自治会,青年组织,妇女组织,农民组织,以及各种各样的文娱团体、文化组织等。这些组织本来是敌人用来控制群众,欺骗群众的,往往死气沉沉，无所作为，只有一个空架子，群众对之十分冷落。我们应设法打进去活动，把我们的一些活动，改头换面，参加到这些组织中去，采取群众喜闻乐见的活动内容；又可以给群众办福利，做好事，保护群众切身利益，进行合理合法的斗争，在群众中树立威信，使死团体变为活团体。这样，群众的看法是可以逐步改变的。

当然改造这种组织并不是轻而易举的，这些团体本身的反动性往往带来活动的局限性。群众又是一贯厌弃和痛恨的，我们打进去也要受到许多阻碍，因为敌人也是注意控制这些团体中的领导权，我们要运用各种社会关系、统战关系或是用群众选举的办法打进去。打进去以后，在活动中必然要遇到两种困难：

第一，敌人要强迫其参加国民党和三青团怎么办？当然能够不参加，最好不参加，非参加不可时，党组织应批准他们参加。

第二，敌人要强迫其参加反动活动怎么办？如去参加反动的集会和游行，在各种政治关头要求表示态度，参加联署各种宣言声明等。我们的做法是：假如自己在那里所拥有的群众力量比较强大，用群众力量抵制，叫群众不通过，不参加反动活动。假如群众力量不大，在那里压不倒敌人，可采取消极应付的态度，活动群众不去参加，让敌人的少数御用分子去参加。我们的同志尽量不去参加，能反对就反对，能借故就借故不参加。一定要去就去捣乱，采取节外生枝，借题发挥，制造分裂，如开会的内容，主席团的选举，宣言讲稿文字的推敲，都可以利用敌人内部的矛盾来破坏，搞垮他们的活动。要注意敌人在其中的特务，会对我们的同志和进步群众进行侦察，以至突然考问、讹诈、扣捕审问等。要预见到这种可能，先有充分准备，考虑好应付办法。最有效的办法是群众拥护我们，以群众力量来压迫他们，声援我们。这些同志在第一线与敌人短兵相接，党组织要经常关心他们的安全，及时给予正确的指导，并发动群众支持他们。争夺领导权，占领工会、学生自治会之类的合法组织是一个很复杂的斗争，中心环节是充分地发动群众和依靠群众。

在白区还存在大量社会习惯势力的封建性的组织，如同乡会、同学会以及各种会道门组织、青洪帮组织、"袍哥"组织等。有的是较广泛和有群众性的，这些组织都具有落后性、反动性、流氓性。其领导权都掌握在当权的地主、官僚、政客、特务头子、流氓头子手里，是一个严重的破坏势力。但其中确有大量一般工人和农民，以及小职员等，是我们争取教育的对象，应该打进去，进行工作，能打破其反动外壳和领导当然好，但不易做到，可以破坏和瓦解它们。还有一些民间群众性的习惯组织、福利互济组织，其中有大量中间群众，也可以对他们进行教育，使其转变为群众福利的一般进步组织。

当我们组织各种群众性的进步团体进行活动时，敌人是一定会想办法来破坏的。秘密地捣乱，公开地压制，钻进来分化挑拨，不予批准合法等等，他们都是会干的。他们还会"以组织对组织"，利用他们的政权和社会势力，利用优厚的物质条件和合法地位，欺骗和胁迫一部分群众，组织起同样性质的团体来，进行活动，和我们唱对台戏，搞平行活动。你出进步书刊，他印反动书刊；你搞进步演讲，他搞反动演讲；你搞反帝反美示威游行，他搞反苏反共示威游行。但是他们有一个根本困难无法克服，他们组织的团体和活动的反动性反人民性，使广大中间群众不愿参加，往往搞得冷冷落落，松松垮垮。我们对付的办法，就是在群众中广泛揭露其反动性、欺骗性，用群众活动破坏他们，同时也派人钻进去，在内部搞分化瓦解，拆他们的台。

我们所组织的进步群众组织如何巩固和扩大？

一、要依靠坚强的党的领导。在这些组织中要有一批党员或党的外围组织成员作为核心骨干。这些人是热情的、勇敢的，生活艰苦，平易近人，和群众打成一片，受群众拥护的。

二、要依靠党所执行的路线的正确。既不落后于群众的政治要求，也不率领群众做群众不愿意进行的斗争，或者无胜利把握的斗争。我们既要注意群众当前切身利益，又要引导群众向前看，为长远政治目标而奋斗。

三、要依靠这些组织对群众进行切合他们需要而又能引起兴趣的政治教育，形式多样，生动活泼。个别的形式与集团的形式相结合，注意潜移默化，逐步提高。

四、要依靠不断的斗争，在斗争中锻炼群众，提高政治觉悟，提高组织性、纪律性和斗争艺术。但斗争必须是切合时宜的，为群众欢迎的，有胜利希望的。

尽可能组织和扩大统一战线十分重要。无论什么地方，总有一些中间性的群众组织，民主党派、地方势力所领导的群众组织。只要在反对国民党反动统治这一点上是一致的，就要联合他们，把敌人最大限度地孤立起来。只是要注意：第一，要保证党对于这种统一战线的领导，这是斗争胜利的关键。第二，他们和我们也必然是有矛盾和斗争的，要又团结又斗争，在团结前提下进行斗争，在斗争中求团结。

群众斗争任务是不断提高和发展的，组织形式也要不断提高和扩大，及时用政治的、集中的、高级的组织形式来代替已不适用的小型的、分散的、生活性的组织形式。党的核心组织、党的外围组织也应适应领导的灵活性而加以改组，当然随时要注意秘密工作的条件。

地下党斗争总是向武装斗争发展的，群众组织也要能适应这种过渡，随时准备抽出力量去发动农村武装斗争，派遣人员去支援老解放区的战斗和建设工作。

（二）群众斗争问题

群众组织起来是为了进行群众斗争，只有在不断斗争中，才能巩固和扩大群众组织，只有不断巩固和扩大群众组织，才能进行更高级的群众斗争。

群众斗争和群众组织一样，是一步一步由低级向高级发展的，而且决定于群众的觉悟程度和组织程度。总是从自发到自为的，从小规模的、分散的、生活性的、社会习惯性的斗争走向大规模的、集中统一的、强烈政治性的斗争以至于武装斗争。生活斗争－政治斗争－武装斗争，这是一个必然的发展过程。当然其中也有反复交错的情况。

群众斗争服从于一个总的政治目的，就是搞你死我活的阶级斗争，为打倒国民党反动派，夺取政权，解放人民，建立革命政权。一切斗争都要服从于这个总目标，纳入这个总轨道。

群众斗争的方式、方法、时机、口号、进攻目标、达到的目的等，都是随政治形势的来潮退潮，敌人统治力量的强弱（其脱离人民的程度是其强弱的根本标志，其专政工具的强弱自然是要考虑的，但不是绝对的），群众的觉悟程度和组织水平，群众的愿望和要求，统一战线范围的大小和团结程度的不同而不同的，固定的程式和方法是没有的。

领导群众斗争是一种政治艺术，很复杂，变化很快很大，要求"最能虚心体察情况，依靠群众的多数，得到群众的拥护"的领导者，要求有勇敢而明智的指挥员。这种领导者和指挥员不是天生的，只能从群众中涌现出来，只能和群众密切联系，在斗争实践中不断锻炼提高才能培养出来。他们要学会观察和思考问题，善于总结经验教训，有坚定的无产阶级立场和唯物辩证的思想方法。在斗争中失败是不可避免的，错误也是不可避免的。只要能"吃一堑，长一智"就好了。

群众斗争不能希望一帆风顺，也不能希望一气呵成，只能在反复斗争中，成功与失败中，前进与后退中，一个仗一个仗地打，一口一口地吃，一个阵地一个阵地地夺取，积小胜为大胜，转变敌我斗争形势，直到取得最后打倒敌人的目的。要懂得一发而不可止，雷霆万钧，乘胜疾进，又要懂得适可而止，秣马厉兵，总结经验，准备再战。

群众斗争的形式因群众职业界别不同、环境不同而不一样，规模大小也不一样。有的是一个单位，一个工厂，一个学校，一群农民的斗争；有的是一个地区同职业的群众，以至各行各业的群众的联合斗争。斗争的方式或罢工、罢课、罢业，定期的或不定期的。或者是开抗议大会，游行示威，请愿，声援等等。斗争都要有明确的口号，公开的宣言、声明、要求条件，都要呼吁同业的别单位和别行业以及社会的同情支援，必要时要有纠察队的组织，以保护群众斗争。

怎样领导好群众斗争的几个问题的初步探讨：

1. 群众自发斗争问题。群众受敌人的残酷压迫和剥削，常常爆发为自发的斗争。我们不能希望这种自发性的群众斗争能够总取得胜利，但我们有责任去参加并争取领导，把自发转为自为的斗争，尽力争取胜利，至少避免大失败，以保护群众的积极性。有时群众坚持要去进行我们看来敌人将要进行疯狂镇压，没有获胜希望的斗争，经过说服不成，我们就要坚决参加进去，争取领导，减少损失，以此来教育群众，认识敌人的凶恶和反动的面目，揭破敌人的欺骗，鼓舞群众进一步组织起来，准备再进行胜利的斗争，把失败的斗争转化成为胜利斗争的前奏曲。千万不可去泼冷水，指责群众，散布悲观失望的情绪。要大讲斗得好，该斗，只是要讲求方法。要群众愿意在党的领导下准备再战。有些失败的斗争虽然令人痛心，但却同时教育了群众，提高了群众的仇恨心和斗争意志，坏事在客观上产生了好的结果。

2. 群众斗争的发动问题。要发动群众斗争，必须先有充分的准备，要了解敌、我、友三方面的力量，互相矛盾和斗争的关系。要经常留心群众的政治觉悟水平和组织程度，领导群众去"展开为当时当地内外环境所许可的一切必要的斗争"。要了解群众的愿望和决心，只有愿望而没有斗争的决心，也是不能发动的。斗什么？这是必须注意的，即斗争的目标、口号、要求条件是什么；大抵上了解那里群众最痛苦的事是什么，最痛恨的事是什么，最痛恨的人是谁。从这三点，就知道要斗什么，斗谁，怎么斗了。

随时注意群众斗争爆发的"契机"非常重要，即是引爆的"火星"事件。一场斗争从政治上分析，或迟或早是要爆发的，我们应有适当的估计，准备迎接这样的斗争，这是认识客观事情发展的必然性。但是一切事物的必然性总是通过偶然性表现出来的。一场政治斗争往往是通过一个偶然的事件而突然爆发开来的。这种偶发事件常常是看来不大，却突然发生，迅速引起群众的愤怒，群众不能忍受，显得群情激昂，力量自然而然地集聚起来，积压的仇恨和愤怒突然爆发开来，要求斗争，并且自发地展开斗争。我们做领导的党员同志要非常敏感，发现这种作为群众大斗争的"契机"，就及时主动领导群众向敌人发起进攻。这种进攻是突然的，很有力量的，使敌人仓皇失措，穷于应付。这种斗争的本身所提供的条件，只是斗争条件的一个或一部分，主要的是要提出群众要求解决的根本问题，即提高到某种经济上或政治上的条件。比如某一个群众领导被敌人逮捕了，群众愤激救援某一个人，只是条件之一，而反对非法逮捕，反对迫害才是主要的条件，并要求不得再发生类似的这种非法逮捕事件。有时我们对于一个大的群众斗争有意识有计划地准备好了，决定要发动斗争了，这时可以抓住一个偶发的"火星"事件，作为"契机"，提出斗争的目标和斗争的口号，展开斗争。

3. 领导群众斗争的策略问题。领导群众斗争总的策略指导原则，就是要利用矛盾，争取多数，反对少数，各个击破和有理、有利、有节的原则。

根据过去实践经验，以下十五点领导群众斗争的策略，是必须注意的。

（1）依靠自己组织起来的群众作为斗争的主力。这是进行斗争或不进行斗争的根据，估计胜利也是放在这个基础上的。不能把斗争寄托于友军的力量上，不能把胜利寄托于统战力量的支持。宁肯事先估计得严一点，把困难设想得多一点，把可能碰到的问题想得周到一点。

（2）斗争的目标要选得好，打得准，口号要提得适当，要求条件要提得切合实际，打击的目标要选取群众最痛恨的，而且力量又比较软弱和孤立的。抓他们的"辫子"要抓得适当，击中要害，选择群众最有切肤之痛的题目。斗争的口号、谈判条件、宣言、公告，要在斗争之先充分研究，在群众中酝酿，和友军协商一致。宣言对事件性质的分析，对敌人的"诛语"要提得适当，要有坚定鲜明的态度，要有压倒一切的气概，要有煽动性和动员性的力量。宣言不在长，在于精干有力，鲜明生动。不要有学究气，坐而论道。须知这是檄文，是匕首。口号要切合群众的要求，又能得到社会的同情支持，又估计有获胜的希望。口号低了会挫伤群众的情绪，高了达不到，同样挫伤群众的斗志。口号提得要响亮，明确，有力量，是斗争的旗帜，不可含糊不清。要求条件既要明确，又要灵活，不可太死，要有一定的伸缩性。

口号和条件是随斗争的形势、胜败的趋向而加以变化的,水涨船高,看客打米。

(3)尽量扩大统一战线,争取最多的友军参加斗争。有时甚至说服自己的群众,将口号和要求条件作适当的让步,以争取更多友军协同作战,同时要尽力动员更多的群众声援和支持。友军参加斗争,往往各有打算,有时不能共同进攻到底,有时他们中途变卦,打退堂鼓。要随时留心,不要叫他们扰乱了我们的主攻方向,扰乱了我们的基本队伍。

(4)尽力把中间势力从敌人方面争取过来,支持我们,至少要争取他们保持善意的中立。尽可能地分化敌人,充分利用矛盾,各个击破。要把一些敌人麻痹起来,不要把明天的敌人放到今天来打。把打击面缩到最小,把主要敌人驱向最窄小的阵地。这样做往往要说服群众,向群众作斗争策略的解释。

(5)尽力扩大社会舆论的同情和支持,大造舆论,利用一切进步刊物,出版新的报刊(依靠群众发行,不理会敌人要登记、送审那一套,非法的但是公开出版的),发行宣言、传单、大字布告、支持声明、发布新闻消息等等。坚决地到街头做口头宣传和书写或张贴大字标语、传单,和敌人禁止宣传进行坚决的斗争。组织大队伍上街强力宣传,贴标语口号,和突击宣传、打麻雀战结合起来。形式要多样,演讲、歌唱、演戏、漫画、壁报、标语、传单等等,都要用起来,造成声势,压倒敌人的宣传,揭露敌人的罪行和造谣诬蔑,义正词严,不搞低级趣味。

(6)不斗则已,一斗就要雷霆万钧,声势浩大,冲锋陷阵,一发而不可止。我们的骨干要身先士卒,走在斗争的最前面,下定决心,排除万难,去争取胜利。要最坚决地坚持斗争。往往在斗争最艰苦最困难的时候,正是快要取得胜利的时候。和敌人斗得不相上下之时,谁能坚持最后五分钟,谁就胜利。在那个时候,不动摇,坚持斗争,就是胜利。

(7)在艰苦斗争中,特别是在僵持局面中,要注意自己的指挥员和先锋战斗员的情绪。有的会有拼命主义思想,有的会有退却和逃跑思想。必须及时进行教育、鼓动,稳定军心,十分重要。要一直维持战斗部队有旺盛的斗争意志，有必胜的信心，有勇敢战斗、坚韧不拔的精神。除了有核心力量的坚持和模范作用外，要用一切方式进行战斗动员，讨论分析形势，鼓舞斗志。要互相帮助，互相爱护，统一协调。要团结统一战线方面的友军，他们在斗争艰苦时，往往容易产生动摇思想，在他们之中出现不同的意见和看法，甚至企图单独撤军，中途妥协，如何既要听取他们不同的意见，又要坚持正确的意见，反对无原则的妥协和逃跑，是很重要却又很伤脑筋的事。这时在自己内部，某些冒险主义孤注一掷的思想也是很容易冒出来的，而且得到某些人拥护，这也要注意说服。总之"左"的和右的情绪，在斗争过程中，特别是斗争僵持中，都会发生，要客观而冷静地进行分析，对两方面不正确的倾向进行坚决的，但是特别注意方式方法的斗争。

（8）适可而止，不要无休止地斗下去。在预定目标和条件（常常是改头换面了的，因为反动统治阶级死要面子）基本达到，就要收兵，准备下一个斗争。出现僵持局面时，有时固然是再坚持一下就是胜利，但也有再拖延一下，就要遭到敌人强力镇压把主力打垮的危险。因此是坚持下去还是适可而止，这是掌握斗争的"火候"问题，非常重要。目标和基本条件已经大体达到了，就应适可而止，及时收兵。有时由于敌我力量的变化，必须迅速作某些让步和退却，也要适可而止，及时收兵。这个时候往往是内部争论最激烈的时候，也是内部可能发生分歧，发生分裂的时候；也是敌人努力摸我们的底，相机破坏的时候。这就要很冷静地处理，不要带领群众去和敌人拼消耗战，去碰硬钉子，去作无休止的纠缠斗争。

（9）必要时要组织有秩序的退却。有时看形势发生了于我不利的变化，力不能胜，如敌人增加了新的力量，我们的力量已有很大消耗，而内部又发生了分化等，就要及时组织有秩序地退却。及时说服内部，组织退兵一战，以攻为守，在降低了的条件下暂时妥协下来，再来组织力量，找寻新的机会发动进攻。这种退却的可能性要事先估计到，要有秩序地退却，不要把退却变为溃退。

（10）打了败仗怎么办？我们的队伍被敌人打乱了，溃散了，要及时退下来，收集力量，组织新的形式的斗争。或重新组织力量再进攻（如再集会，再罢工罢课，再示威游行等）。当然，这要看群众的情绪如何，如群众情绪不高，白色恐怖严重起来，骨干损失了或暴露太多，有被捕的危险等，就要决然收兵。我们的党员骨干及群众领袖人物就要进行疏散，退入第二线。把原来准备的第二线人物推到第一线来。战斗的方式方法都要及时改变。打败仗是一个困难的事，"会打败仗"真是一种本领。要能在劣势、困难和混乱中稳如泰山，临阵不乱，收拾残局，领导就要有不怕死的精神，同时能注意保存骨干力量。只要骨干还在，就不难东山再起。

（11）情报工作很重要。在斗争前，斗争中，斗争后，敌人的实力、动态，对我们的看法、打算，他们的阴谋诡计，要通过一切办法，收集尽可能多的情报，进行分析研究，和我们的力量、动向进行对比，以定进退。一个明智的将军，智勇双全的将军，要学会一种方法，那就是熟悉敌我双方各方面的情况，找出其行动规律，并且应用这些规律于自己的行动。有时候我们犯错误，就是主观的指导思想和客观的实际情况不相符合，不对头，或者叫作没有解决主观和客观之间的矛盾。敌人的情况是客观情况方面最重要的部分，而又是最不易掌握的部分，必须尽力搞清楚。收集情报的方式方法是多方面的，从敌人的表面活动看，从敌人方面的内部去收集，从民主人士和统一战线关系方面去收集，从情报人员中去收集，越多越好。

（12）注意敌人的破坏。敌人除了在外部明火执仗地和我们对抗外，一定会用一切方法钻进我们内部来，施展阴谋诡计，从事破坏和捣乱。"堡垒是最容易从内部攻破的。"他们也懂得分化瓦解、各个击破的策略，孤立我们最激进和最革命的部分，拉拢我们的中间力量和拉垮我们的动摇部分。他们惯用的方法是：

①个别收买。收买最中心最突出的群众领袖人物，如不成，就威胁收买友军中的头头，使之在内部捣乱。

②威胁警告他们认为可以威胁警告的人，偷送警告信，或在警告信中附上子弹，派人上门边劝告边威胁，以至采取绑架、逮捕、暗杀等。不可不防备其阴谋。

③部分谈判。他们找联合斗争中的部分力量，特别是找比较软弱和动摇的部分，进行个别谈判，给以特别优厚的条件，使之退出斗争。我们必须在同盟军中说清楚，不准单独谈判，不准自行妥协，指出敌人是阴谋以此摧垮全部，那时答应的条件，也会反口食言，翻脸不认的，切不可上当。当同盟军中有个别上层真去和敌人进行妥协谈判时，应在其内部的左右及所领导的群众中加以揭破，把他孤立起来，以至把他抛弃掉。

④集中火力打击我最坚决的部分，放松打击中间和动摇部分，以讨好于他们。

⑤乱放谣言，公布伪造材料，甚至造假照片、假证件，影印散发等，说明共产党的"阴谋"，制造内部同盟者之间的猜忌和不和，在群众中散布流言蜚语，威胁说将要怎么厉害地镇压等，进行恐吓，以瓦解士气。

⑥派坏人混进来，并争取相当重要的头头，在内部搞阳奉阴违，闹独立性，闹宗派山头，或者混入群众中找寻机会，闹无原则纠纷，反对领导；或者在方针上，策略上，选举领导人上，提口号和条件上，故意抠字眼，争论不休；提不同的口号，走不同的示威游行路线，提不同的要求条件，夸大其词，似是而非，制造混乱，欺骗群众。我们必须注意并及时识破，打击清除。但又要和进步群众中的幼稚和过激思想区别开来，不能打到群众身上去，也不能打到友军身上去。

⑦利用部分群众的过激情绪、愤怒情绪，提过"左"的口号，做过"左"的行动，反对领导的所谓"右倾"思想，甚至骂领导"出卖运动了"等等。暗地捣乱，破坏统一的步调，尽力造成内部的分裂，制造所谓内部的"路线斗争"，甚至故意率领群众乱冲乱撞，乱喊乱叫，搞失败的斗争，使群众遭受打击。

⑧派流氓特务混入群众的游行队伍或群众日常活动中去，故意破坏秩序，制造分裂，乱打乱闹，使我们丧失社会的同情，把我们看作暴民、捣乱分子等。

⑨派流氓特务携带纸炸弹、爆竹，在游行队伍中爆炸，以惊散队伍，乱

放谣言，搞散大会或游行。

⑩组织御用队伍或收买流氓队伍，来参加大会或游行，故意制造纠纷，唱对台戏。你开会，他也在旁边开会，浑闹一阵。你游行，他也游行，在街头故意冲击，发生冲突，斗殴。于是军警出动借口镇压我们，甚至发生流血事件，抓人事件。或派成群的流氓、特务装成基本群众，到你的领导指挥部、报刊发行部等处，无理打闹，破坏捣乱。

总之，敌人是不择手段，无所不用其极地进行内部破坏，以配合其外部的打击，我们要及时识破，采取对策。要依靠坚强的群众组织性和纪律性，要组织强有力的纠察队伍，收集情报，对付敌人的一切破坏活动，纠正自己队伍中的一切不正确行为，不给敌人以可乘之机。

（13）注意反对"左"的右的思想倾向。在斗争中，一定会发生对于各种问题的不同看法和做法，议论纷纷，各有所见。在领导核心内部也可能产生不同看法，有正确的，也有"左"的或右的倾向。对于这些，第一要倾听，不要自封正确，一概不听。第二要分析，正确的就接受，不正确的就耐心解释。判断正确与否，只有在斗争实践中和群众一起调查研究，广泛听取群众意见，才会清楚。第三要和不正确的倾向进行斗争，注意与人为善，注意方式方法，有些问题留待以后再来总结，进行批评。

（14）巩固胜利，发展胜利。基本胜利了，注意内部可能出现的松懈情绪，自满情绪。注意敌人乘机反扑，拒不执行答应的条件。要继续整顿队伍，随时可以拉出去参加斗争，要及时扩大队伍，把那些参加战斗表现较好的人吸收到进步组织中来，把那些最好的积极分子，在成长中表现觉悟较高，斗争中英勇坚决，能接受党的领导的人吸收到党的外围组织中来，把他们提到群众组织的领导岗位上去，代替那些比较差的，相形见绌或腐化了的人。把党的外围组织中要求入党，表现又好，可以入党的人吸收到党组织中。同时要及时动员一批骨干到外单位的群众中，到外地去加强那里的工作或开辟工作。总之，组织工作必须紧紧跟上，每打一仗，前进一步。这就是群众斗争的最大收获。

（15）及时总结。每次斗争结束后，必须组织群众性的总结，组织党内及外围组织内的总结，得出应有的经验教训来。防止产生歇一口气情绪，防止骄傲自满情绪，防止争功邀赏闹不团结，防止互相指责或自吹自擂的思想和活动，要求大家以"谦虚，谨慎，不骄不躁"的精神，反对麻痹松懈，准备参加新的更大的斗争。

四、党的组织工作

地下党是白区一切革命活动的领导核心，在理论上是正确的，但是在白区却和老解放区不一样。解放区的党是有权的党，领导核心早已树立起来，且为大家公认。在白区要靠自己的工作逐步树立起来，得到广大群众和友党的承认。只有靠自己路线的正确，能密切联系群众，在斗争中能得到群众的支持和拥护，自己有实在的力量，才可能得到别人承认，才能成为真正的核心。核心是不能自封的。

党的组织是群众组织的核心，群众组织是党组织的基础。地下党组织活动的主要部分就是宣传群众，组织群众，领导群众进行斗争，只有建立起广泛的群众组织，并进行斗争，才可能发展和扩大党的组织。孤立地建党，脱离群众斗争的建党，这种党组织是缺乏生命力的，这样的党员也是缺乏战斗力的。党组织和党员必须经群众斗争的大风雨，见群众斗争的大世面，才能生气勃勃，坚强有力。

我们建立的地下党也必须具有三大作风：理论和实践相结合的作风，和人民群众紧密地联系在一起的作风以及批评和自我批评的作风。地下党组织必须少而精，精干有力，深入群众之中，与群众同呼吸共命运。地下党组织的党员也应该是襟怀坦白，忠实、积极，以革命利益为第一生命，个人利益服从革命利益，关心党和群众比关心自己为重，关心他人比关心个人为重，应该有远见，富于牺牲精神，依靠群众的多数，得到群众的拥护，还特别需要随时准备拿出自己的生命去殉我党的事业，绝对不能畏缩逃跑，甚至屈膝投降，自首叛变。

这是对白区地下党的要求来说的。但是在实际情况中，地下党由于在资产阶级和小资产阶级的包围之中，许多地下党员本身就出身于非无产阶级，又由于活动的特殊条件，学习党的文件、书籍较少，互相检讨工作、进行批评的条件也有限，因而在工作中，在思想上更要有高标准的要求。同时又要有承认现实情况的勇气，认真进行教育提高。

地下党组织的领导机关应该是十分精干隐蔽的，而又是密切联系群众的。"要具有热烈而镇定的情绪，紧张而有秩序的工作。"地下党的领导干部应该有更高的要求，这些干部和领导同志要懂得马克思列宁主义，有政治远见，有工作能力，富于牺牲精神，能独立解决问题，在困难中不动摇，忠心耿耿地为民族、为阶级、为党而工作。党依靠这些人而联系党和群众，依靠这些人对于群众的坚强领导而达到打倒敌人之目的。这些人不要自私自利，不要个人英雄主义和风头主义，不要有怠惰和消极性，不要有自高自大的宗派主义，他们应该是大公无私的民族的阶级的英雄。这是共产党员、党的干部、党的领导者应该有的性格和作风。

当然，这是高标准的，但是地下党的干部和领导同志应该以这个标准来要求自己，衡量自己，鞭策自己。在组织生活中，在检查工作中，在整风学习中，都应用这标准来进行反省、自我批评，努力提高自己，向高标准前进。

（一）地下党的组织

地下党组织一般按工作性质不同大体上可以分为四个不同的工作方面：地下党及群众工作方面，统一战线工作方面，情报工作方面，军事工作方面。这四个方面中，群众工作方面往往形成主体，就是地方党，各地建立的省委、特委、县委、区委、支部等正规党组织。党的主要工作，主要成员都在这个地方党的系统中，并形成了上级和下级。其他三个方面虽有其工作的特殊性，但并没有必要形成独立的活动系统，而是受这个地方党系统直接领导或指导的。所以我们按工作性质划分成这四个方面，但实际上还是只有一个地下党工作系统。

统一战线工作方面是专门做友党友军及中间派的工作的，还对敌人进行策反工作，分化瓦解工作。这个方面往往有一批单线联系的上层秘密党员，有的就是在敌人的政权中担任各种领导工作。他们的任务在于宣传我党的路线、政策，争取中间派，瓦解敌人。他们之中有一些是社会知名人士，他们是以进步分子面目出面活动的。也有些在友党友军中担任领导工作，其组织关系却是秘密的。有的人和当地地方党发生联系，接受领导，配合地方党的各种斗争活动。有的组织关系则在中央或中央局，但主动配合地方党的活动。

情报工作方面往往是极机密的，不和地方党的同志发生联系，也不一定配合其工作。是一批独立进行活动的同志，深入敌人内部或社会中去收集情报。他们往往独立地直接对中央有关部门发生联系，有的还拥有无线电台（或潜伏在敌人中利用敌人的电台）；他们是独立对中央有关部门负责的，但有时候也主动支援地方党，却并不露面；也有潜伏在敌特机关工作的情报人员，为了及时起保护地下党的作用，交由地下党高级领导组织（省委、特委）的书记联系。

军事方面是潜伏在敌人的军队中进行工作的，主要是抓枪杆子，组织起义或策反。他们也是单独对中央军事部门负责，单独联系的，只有到了地方地下党发展到武装斗争时，才由高级领导机关决定是否交由地方地下党领导，以配合行动。也有军事方面的同志一直受地方地下党领导的，但一般只让第一把手知道。

在这三个方面进行工作的党员，必须绝对保持自己活动的秘密性，不能轻举妄动，暴露自己。稍有不慎，将遭破灭。他们的工作方式，以至生活方式都不一样，而且允许他们有进行这种工作所需要的特殊生活方式。

地方地下党根据需要可组织中央分局、省委、边区省委、特委、中心县委、县委、区委、特支、支部、小组的组织系统，临时开辟工作的可叫作临委或工委。一般在一个工厂、学校、农村组织一个支部或总支部。但也有因保密需要，建立两个以至三四个平行支部的。这些平行支部统一受上级领导，互相配合活动，组织上互不打通，以保安全，避免一个支部出了问题，以至全部撤退，或被敌人一网打尽。为了秘密工作的要求，这些组织都是采取纵的单线的领导方式，不容许不相干的同级组织之间互相了解或往来。

（二）地下党组织的发展问题

培养和发展新党员是地下党经常关心的事，也是每一个地下党员应尽的义务。党的领导同志和基层党员，特别是在群众组织中活动的党员应该经常在斗争中留心观察和考虑党的外围组织中和群众组织中的领袖人物和积极分子。在思想觉悟、政治品质、斗争能力都较好的人中，要指定和他们往来较多的党员跟他们交知心朋友，个别培养。同他们一块儿斗争和生活，了解其家庭成员、社会关系、生活情况、思想倾向，对各种政治问题的看法、态度，在斗争中的实际表现。认为可以作为发展对象的，就要有意识引导他阅读有关党的知识的书籍，促使其有政治理想和政治抱负，向往于党。进一步个别试探谈话，本人确有入党要求，就报请上级批准吸收。当然地下党和公开党不同，为了避免他不愿意参加或暂时不愿参加而过早地在群众面前暴露一个党员身份，可采取试探性的谈话，表示自己也很想入党，但未找到，如他也表示想入党，也未找到时，就相约找党，过些日子告诉他找到党了，问他愿不愿意参加，如他仍表示坚决参加，就可叫他写自传和申请书（为了保密，后来我们都采取口头谈，不写了，因为怕丢了发生危险。要写也要多采用代名、代地），送领导审查批准，便可以对他公开自己的党员面目，通知他已被批准入党了，并和他进行个别的入党谈话，履行入党手续。入党手续在地下党中是比较简单的，或者有上级派人盟誓，或者即由介绍人为之举行，让他宣誓入党即可。宣誓的誓词一般包括这样的话："我诚心诚意参加中国共产党，同意党纲党章，参加党的组织，执行党的决议，遵守党的纪律，保守党的机密，定期缴纳党费，永远不背叛党，誓为中华民族解放和社会解放奋斗到底。"履行入党手续后，即将他编入一定的支部和小组参加党的活动，或者即由其介绍人单独联系，领导其活动。新党员入党以后，必须及时进行教育，把地下党员的要求告诉他，进行党的路线、政策、策略的教育，革命气节道德的教育，秘密工作纪律的教育，工作纪律的教育等等。

发展党员时必须注意，应把党的组织主要建立在工农基本群众的基础上；应把党的工作放在对工农基本群众的宣传、组织和领导他们斗争的同时，吸收其先进分子入党。看一个地方的地下党的组织力量，要看他们在工农基本群众中组织力量如何，是否经常从工农中培养出党的干部来。

我们强调要大力在工农基本群众中发现和培养发展党的对象，积极吸收他们入党，把党的组织主要放在工农中。但是我们也要注意在小资产阶级、贫苦知识分子、青年学生中建立党的组织，吸收革命的知识分子入党，以发挥革命知识分子和学生的某种先锋作用和桥梁作用。不能否认小资产阶级知识分子有其一定的动摇性和软弱性，他们和工农结合进行革命斗争中会逐步改造自己的世界观，成为好党员。我们应该看到中国这个殖民地半殖民地国家里的革命知识分子很愿意和工农群众结合，进行革命斗争的实际情况，而且他们往往表现出先锋作用和桥梁作用。过去我们的经验是常常采取这样的做法，先在学生和革命知识分子中开展工作，建立群众组织，领导学生运动，使之成为整个民主运动的先导，这是中国几十年革命历史所证明了的。不过，一经展开了学生运动，在知识分子中建立了党的组织，就要动员这些知识分子党员到工农群众中去进行艰苦的工作，发动和组织教育工农群众起来革命，同时也就在和他们一同斗争中，学习工农群众的优秀品质、革命的坚决性和彻底性。这种做法当然并不意味着一定先开展知识分子中的工作，建立了党组织，再去工农中开展工作和建立党组织。相反的，要尽可能先在工农中开展工作，建立党组织。而在知识分子中建立党组织，又必须首先在贫苦知识分子中建立党组织。因为他们和工农群众联系较多，对工农感情较深，懂得工农疾苦，思想改造也比较容易些。这些贫苦知识分子党员中，往往可以造就好的党的工作干部来。

（三）党内生活问题

凡能组织起党的支部、小组的，一定要定期开支委会和小组会，过组织生活。但为了秘密工作需要，一般不开支部大会，而分为许多平行互不相通的小组，进行活动。在党的组织会议上，一样传达上级指示，交换工作情况，讨论工作，组织学习，进行批评与自我批评。只是开会次数较少，开会时间较短，要保证保密工作的条件。在斗争紧张时期，开会较多，可以采取小组长与支委开碰头会的方式解决。上级领导除十分必要，不必出席下级的支委会或小组会，而采取与支部书记、小组长个别接头的方法。高一级的党委会开会要更少一些，开会只要把大原则决定了，便分头去做。

在党的生活中必须加强对党员的教育，检查党员的群众工作和秘密工作，以及个人的思想作风等。考查党员最好是在群众斗争中进行，最好是从上而下地在群众中考查，看他勇敢参加斗争的情况如何，和群众的关系如何，执行党的政策的情况如何，工作干劲如何，生活艰苦情况如何，及时进行教育，展开批评和自我批评。

（四）党组织的审查和整党问题

这在地下党条件下虽有困难，审查党员和整党还是要尽可能地去做，特别是对那些个别吸收的党员或长期个别活动的党员，要留心考查和审查。审查党员的历史，虽然因为在地下的情况无法进行系统的调查，可以留待解放后去做。但也可以加强平时的了解，注意他的日常生活、社会关系、个人工作情况等。至于对做领导工作的党员，更要留心。在他们中进行总结工作，审查历史，整顿思想都要尽力争取机会去做，他们的工作路线、政策策略、思想作风，对工作的好坏影响很大，不能马虎。但是这些同志又必须特别注意其安全，注意秘密工作，这就是矛盾。过去我们的办法是分批调往老解放区上党校或在敌人不能统治的地方开办学习班，如过去我们在重庆南方局办过学习班，也在香港办过学习班，进行整党。学习半年左右，主要是搞工作总结和整风。实在不行，也可找比较安全的地方（比如可靠的统战关系的公馆里）用开长会的办法，开半个月会，调去整党和审查，然后再派回去工作。对于领导干部的审查和整顿是很重要的，要有上级亲自参加领导。

（五）上层统战党员的问题

对于上层统战党员和一些社会知名人士中的党员（如演员、作家、科学家、教授等），党的一般原则都是适用的，不能有什么特殊化，但也要考虑到他们的工作岗位不同，工作方法不同，作风也有所不同。他们长期在敌人包围圈里生活，不能不适应那个环境，耳濡目染，难免表现出这样那样的不良习惯。在领导他们时，对于这些应该有所体谅，但在党的政策原则和党的纪律上，对他们却要严格要求，进行教育。要告诉他们，他们是去"统人家"的，千万不要被别人"统过去"了。他们的立场和政治观点是不能含糊的，表达方式可有不同，但不能丧失立场和违反党的路线、方针、政策。未经批准，不能轻易去附和别人的观点；未经批准，不可在别人的会上轻率发言，在报刊上轻率发表文章，在宣言、声明书上轻率签字；更不能未经批准，自作主张参加别人的政治组织。假如敌人要他们参加国民党，能拒绝的就拒绝之，能拖就拖，假如强迫他们非参加不可，事先应向组织请示，批准后才参加。如是被突击参加，事前无法请示，事后应马上向组织报告，要求批准。即使批准参加了，也要尽力避免去参加反动的政治活动。这些党员为了应付环境，便于活动，在生活上容许随便一点，但应不超过一个正派人的限度，不能腐化堕落，贪污盗窃，同流合污，不能去欺压剥削群众。这些党员在解放后，还会把长期习染的旧思想、旧作风带到新社会来，一面要向同志们说清楚，应当予以体谅，但又要求他们纠正。在地下党内除有直接工作关系的同志以外，不得暴露这些党员的政治面目，要很好地保护他们，不要太多地利用他们的地位和名声，以免过分出头，遭受敌人打击。要关心其生命安全，如果敌人要突击他们，要及时通知他们立刻转移到安全地区，撤退回老区，或转入秘密工作中去。

（六）防止奸细混入的问题

防止敌人派奸细混入党内，是地下党领导必须经常注意的事。而敌人总是要千方百计想混入我党内部来进行破坏的。虽然不可弄得草木皆兵，但也切不可掉以轻心。对于一些可疑迹象，必须及时采取措施，不可延误。可疑迹象的表现大约有下面几条：

1. 政治立场不对头。对于进步的东西表现出不经意的冷漠或突然的热情，突然的"左"倾表现。口头说得好听，实际上并不去办。

2. 政治作风不对头。作风不正，搞邪门歪道的样子，说话不注意时有用词上的漏洞，和一般进步分子表现不同，表现出平时很谨慎却又好乘机打听消息，装老实而实际在背后拨弄是非。

3. 政治历史不清。他进步的过程中，找不到可以证明其逐步进步的证明人，是"突然"进步起来的，而且还喜表现其进步的姿态。

4. 政治交往不明。他交往的人有些诡秘，不是进步分子圈里的人，且不愿让进步分子和同志们知道他们交往的情况。

5. 生活表现不合。在生活上表面表现为清贫而实际上却很优裕，他的生活用品、习惯花销和他的收入不相称，他的收支中有可疑现象。

还有一些其他表现。对于这样的"党员"，是要引起注意的，对于这样的"进步分子"同样要引起注意，采取的措施大体上有：

(1) 进行暗地考查。看他在背地里干些什么，说些什么，和一些什么人来往。

(2) 实行工作隔离。借故不叫他去干有机密性质的活动，只做一般事务性的活动，或者偏叫他去干名为机密的活动，而在暗地里考查他是怎么去干的。

(3) 实行组织隔离。把他知道的党员暂时调动，切断关系。他失去联系后就会到处打听党，找党。进步分子找党是真找，他是假戏，积极找党却又不积极地独立进行进步活动，是为了找党而找党。

(4) 把他调到别的工作地区，却暂时不转关系过去。通知那里的党组织对他进行秘密考查，看他在那里做些什么活动，和什么样的人暗地来往；是否还老实地在那里积极做进步活动，是否不再表现进步且有反动活动。

(5) 中断关系。调他到别的地方，叫他留下通信处和接关系的口号，以后不再派人去找他联系。他如回来找，也不再和他接头，并观察他与敌特有无暗地来往，如是真进步分子，他就会在那里继续工作，如是特务，他就会还是干特务去了。

当然在进行处理时，不要无根据地多疑和猜忌。处理时要严肃又要慎重，发现问题一定要及时采取措施，但采取措施要注重调查研究。即使隔离处理了，也要使他有继续进行进步活动的可能。是真党员他就不怕受委屈，失去关系仍然坚持干革命。

要特别注意叛徒和自首分子重新混进党内来。这些人有经验，会做进步表演，容易迷惑群众，其中有的是敌人有意派来潜入的叛徒，这应用对付敌人特务的办法对付之。其中也有的是在叛变自首后，敌人已将其抛弃，和敌特已无正式联系，流散他处，又想混入革命队伍中来，又参加一些进步活动。对于这种人应要他们老实交代自己的变节行为，有立功赎罪的要求而又不是罪大恶极的分子，可以不当敌人对待，可以准其参加一般进步活动，但不能与党组织发生任何关系，也不能参加党的外围组织，更不能让他在进步群众组织中居于领导地位。

（七）对于流散党员的处理问题

在党的活动中和群众组织中常可以遇到流散的党员，他们因种种原因失去了党的组织关系，但其中许多人还愿意继续革命，并且在各地找党还没有找到，自己还是在新的地方从事进步活动，因而在群众进步组织和群众进步斗争中碰到了。他们因为受过党的教育，经过斗争锻炼，工作比较好，容易成为群众骨干。发现这些人之后，要摸清他们的情况。他们往往急迫要求恢复党的关系，但是没有调查清楚和取得可靠证明，一般不能恢复其党籍，就是调查清楚，获得证明，应予恢复党籍的，也要对其脱离党组织的一段历史暂予保留，等解放后查清这一段历史的情况以后再作处理。一时查不清，但是他一直在党的领导下工作得很好，找不出什么可疑之点，确是被迫脱党的党员，可以让他在党的外围组织工作一个时期，经过考查，表现很好，本人要求恢复党籍的，可以采取重新入党的方式吸收入党。并向他说明，过去脱离党的过程及脱党后一段历史予以保留，等解放后查清了，按那时党的规定作结论。

五、党的宣传工作

掌握宣传武器，加强宣传工作，对于白区地下党是很重要的。宣传工作是党的组织工作的先导，影响很大。

敌人也是十分重视宣传工作的。他们提出"以宣传对宣传"的口号，美国特务十分重视"心理作战"。他们不惜人力物力，企图垄断报纸、刊物、广播、出版、戏剧、电影，特别是报纸抓得最紧。他们采取"以量胜质"的办法，出得多，散发广，卖得便宜（常常是白送）。每一个大城市都出版若干种大小报纸，从党报到黄色小报，还出各种乱七八糟的刊物。他们相信德国法西斯分子戈培尔的话："谎言不断重复，就成真理"，谣言只要反复鼓吹，就会有人相信。他们花钱网罗一批反动文人、学者、教授，为其编造理论，宣传反动政策，或搞当时《大公报》式的"小骂大捧场"，或出版文艺书籍，粉饰太平。敌人对于各种新闻通讯社更是严密控制，几乎都变成特务的活动据点。他们也抓戏剧演出团体，又抓电影的拍摄和发行（当然发行美国黄色的反动电影是他们的重要手段）。他们还派人占领或用津贴收买各种刊物、艺术团体，各种文化协会、学会、学报，为他们说话。敌人是十分注意舆论、报刊、书籍出版、电影、广播、戏剧演出的。但是他们在宣传上卖尽了力气，却都被他们自己的倒行逆施、反动压迫、贪污腐化行为所揭穿，实际成为一种反面的讽刺。另一方面敌人实行新闻出版的登记审查制度，和社团的登记审查制度一样，是专为对付我们的宣传活动的。比如不准登记出版，封闭报刊，逮捕进步文人，审查扣发进步报刊的稿件，使之"开天窗"，是常有的事。甚至封了我们的《新华日报》，他们自己出一张特务报纸《新华时报》，由特务编造谣言，企图鱼目混珠。美国特务十分重视宣传战，他们建立庞大的"心理作战部队"，抓这方面的斗争，与国民党宣传部门相呼应。

但是不管敌人如何控制、压迫，还是不能阻止我党进步人士以公开的或秘密的方式出版发行各种报刊书籍，和敌人针锋相对地进行斗争，而且总占优势。最根本的原因是他们办的是反动的东西，是造谣和欺骗，我们则代表进步，说的是真理，反映的是人民的心意。同时我们的宣传活动，一般搞得生动活泼，有声有色，形式多样。他们办得却是道貌岸然，死气沉沉，或者低级下流，令人作呕。他们没有一个像样的剧团，像样的电影导演和演员，像样的作家和作品。因此，在白区大城市我们进步宣传势力总是占据优势。

我们的宣传战线由公开的和秘密的两方面组成，由报纸、刊物、书籍出版、电影、戏剧演出、各种文化协会和学会都有，还分党报党刊、进步性的报刊，以及表现正派、主持公道的中间性的报刊。

我们一定要努力坚持在大城市办好我们能够出版的党报、党刊，如《新华日报》和《群众》杂志。这对于宣传我党的路线、政策、革命理论实在是太重要了。这是宣传的重要武器，也是与进步群众进行联系的极好纽带。它是宣传者，也是组织者。组织发行和建立党报、党刊阅读小组，是各地下党最重要的任务之一。这往往又是组织进步群众的方式之一（组织阅读党报、党刊、进步小册子和进步小说的读书小组便是群众进步组织的萌芽形态）。但是敌人实行严密封锁、检扣和查禁，我们地下党组织应作一切努力来保证党的刊物发行，并为党报、党刊建立通讯网，撰写文章、通讯，这也是地下党重要宣传工作之一。一个通讯小组往往也是进步群众组织的一个"火星"。

党报、党刊是立场坚定，旗帜鲜明的，它是白区革命人民的灯塔，它迟早是会被查封的，禁止传播的。因此我们必须从两方面来做工作，以作补充。一方面是派人占领各种进步性的或中间性的报刊和出版机构，另一方面是建立地下党领导的出版发行机构，秘密或公开地发行一些报刊。

进步性的或中间性的报刊敌人总是不能全部禁绝，有一部分仍然允许出版的。因此要想一切办法控制它的编辑部或编辑部的一部分，或获得一两个记者、撰稿人的位置。不能控制正刊就抓副刊，不能完全控制正刊、副刊，就要有意识组织一批进步文人、名人为之有计划地撰写稿件。这种报刊虽然不如党报、党刊那么旗帜鲜明，言论往往要表现得曲折隐晦一些，但总是在进步群众中树立起进步的舆论；和反对派虽然不能做到针锋相对地斗争，却可以旁敲侧击，发出进步的正义的呼声。在国民党独裁专政的统治下，这样的面目要长期保持也是不容易的，因而有些中间性报刊表现出对反对派某些又骂又捧的现象，也是不足为怪的，我们应予谅解，而促使其多主持公道，说良心话。有一种报刊，平时小骂国民党，关键时刻却大捧其场，这种报刊很有迷惑性，能争取较多持中间立场的群众，特别是知识分子。我们应在群众中说明，保留对于这种"中间"言论善意的批评权，如有可能，我们仍对之抱友好态度。鼓励一些进步文人进去以至派入党员，占领某些岗位，以影响其言论。这样有影响的言论阵地的占领，意义十分重大，我们做得也是卓有成效的。

对于一些中间性的进步的宣传团体，我们能自己组织的积极组织之，并尽力延揽一些中间知名人士来挂名，以张声势，设法使之公开活动，通过它维持与广大的中间群众的联系。已有的中间性的宣传团体，能派人打入的应尽力打入之。比如已有的中间性剧团、电影厂，各种学会、协会、学报、学术刊物等等，都拥有大量的中间群众，在其中活动，并影响着大量的中间群众。工作做好了，对于团结中间分子能起很好的作用，有时还可以组织起来支持进步的群众活动，如在某种进步群众团体的宣言、声名上署名，参加联署等。

敌人对于进步的中间性的书刊出版也是控制很严的。出报刊要先行登记，没有国民党人作为后台，很难登记批准。敌人采取拖延不批的办法，使你无法进行出版活动。除开尽量支持中间的知名人士进行活动，争取国民党内的开明人士作为后台，支持登记外，实在无法也可以想出一些钻空子的办法。你不准我出报纸，我就出三日刊、五日刊、周刊的杂志，你不准我出周刊，我就出丛刊，看来是一本书，实在是一本杂志，我出来发售，你查封，我就和你打游击，每一期创刊就化一个刊名，第二期又换一个刊名，又出一期，由你查封去，查不胜查，封不胜封。

公开合法的报刊总是有局限的，特别是中间性的报刊更有局限性，因此采取非法办法，发行秘密报刊是非做不可的。这种秘密印刷物立场坚定，旗帜鲜明，直接刊登党的路线、方针、政策和党的言论；揭露和打击敌人，歌颂和介绍解放区；向群众发出号召，指出斗争的方向和介绍斗争的方法。这种报刊能铅印当然好，印得多、清楚、迅速。但这要有自己的铅印机构和熟练的印刷技术及有关器材，这却并不容易办到，特别是铅字数量大，印刷所不能很秘密，是一个困难。最好是我们有同志或进步分子开办小型印刷所，私揽对外业务，秘密承印党报党刊。这当然要有可靠的印刷工人党员，一切要做得十分机密。最好有当老板的党员和搞印刷的工人党员，而他们之间不可打通关系,当老板的党员有意留给工人党员以偷印的机会,故意装作不知道,即使发生问题,敌人发现了,工人可以撤退,印刷所还可以保存。在国民党区域开办印刷所要有登记核准的关系,不太容易,保住印刷所是十分重要的。关键时刻印宣言、传单或紧要的宣传品,太重要了,一张传单可以是一个炸弹。因此可通过统战关系,借用地方势力,名为他们的印刷厂,实是地下党的印刷机关。有些地方势力为了宣传自己,喜欢出钱办报纸、刊物。他们缺乏人才,我们党员中知识分子多,可以活动进去,为他们主持编辑、发行及印刷业务。平时宣传中间观点,夹杂一些进步言论。把副刊抓到并努力办好,团结青年读者。关键时刻,可代我们印文件、传单、宣言、秘密书刊等。即使这样也要注意,敌特机关规定所有印刷所的字模都要送一套给他们备查,而他们给每一个印刷所所卖的铜模或铅字,都在某些字上秘密做了暗记,可以查出是哪一个印刷所印的。这是很诡的,因此必须识破这些有暗记的铅字,印我们的印件时避免使用有暗记的字钉,换以新字。另外还有一种做法,就是开文具店,承印名片、请帖之类东西,自己去向各印刷所购买一批铅字,或向有关系的印刷所索要一批铅字,常用的字不过三千个,每个字或多或少买几个、十几个、二十个,体积和重量都不大,易于收藏。名义上是为客户印名片、请帖之类的小件,实际上自己用这些铅字来排版。一次排几百个字的小版用字不多,用手工滚印几百张,也并不费力。有两个人就可编、可排又可印刷了。

用中文打字机打蜡纸油印当然又快捷又轻巧。但是中文打字机体积较大,不便收藏,而且在家中不便进行,在机关公司又不好秘密进行,困难很多。能有机会使用打字机打蜡纸印刷,当然也不要放弃这样的办法,只是要注意机密。

最便捷最轻巧的办法还是我们长期习用的手刻蜡纸油印的办法,什么地方都可以干,一个人就可以办好,同样可以刻得整齐清楚,印刷几百张是不难的。我们实践的经验可以做到字小(每一张蜡纸刻一千多字),清晰(一色刻成印刷字体,有似铅印模样),印得多(每张蜡纸印五百份以上),印得快（一个晚上印一张蜡纸），而且不用油印机（油印机大而笨，不好在家中收藏，且有小的声音，改为只用一个夹子、一张绒布、一个滚子就行了，且可以套色），花费也不大。配上一个短波收音机，收听延安广播，便是一个秘密的报社了。

敌人对于我们出版秘密书刊是非常害怕，恨之入骨的，一经发现，就要动员大小特务检扣、搜查、侦寻，一定要想法破获，而且他们认为破获这样的秘密印刷机构，是破坏党的组织的一个重要线索。因此我们的印刷机构一定要做到人少（通常少到只有一人干），机密（只容许党委领导宣传的同志知道），安全（都有掩护住地，随时可以转移和毁弃证据）。传递印刷品要有特别安全措施。搞秘密报刊出版的同志一定要经过很好的选择，不特要有印刷的高明技术（这一点只要有心学习，精通并不困难），更要有坚决奋斗不怕牺牲的精神，一被破获就准备牺牲。

我们的经验和教训是在出版秘密报纸、刊物上，最好和敌人"打游击"，而不要和敌人打"阵地战"，打阵地战就是死盯住一个名称出版，死守在一个地方出版，死定由几个人出版，这样敌特因受其上级的指责，限期破案，就增加了被破坏的威胁。过去一个大城市党组织遭受惨重破坏，就因在印刷上打"阵地战"，敌特首脑限期破案，因而终遭破坏，牵连很大，组织受到惨重损失。"打游击"的办法是刊名、出版单位、刻写字体、印刷油墨色、纸张颜色、开数大小都随时变化，叫敌人看来不是在一个城市由一个秘密机构连续出版的，而且一时在这儿出版，一时在那儿出版，一时是这样一个社团，一时由那样一个组织出版的。出版时间也不固定，有时密，有时稀。其实都是由我们的秘密印刷机构出版的，内容还是一样有系统。这样一来，敌人摸不着头脑，也不会受其上级的指责和限期破案了。靠这个办法我们曾在一个大城市里一直维持出版，一直未遭破坏。

秘密报刊一般不是自己编写稿件，而是主要靠翻印老解放区出版的报刊的文章，更主要的是靠收音机收听延安的广播加以刻印的。群众都非常需要知道延安党中央的声音，知道老解放区的情况，特别想知道解放战争的情况。那时收音很困难，延安电台功率小，又受敌人强力干扰，一般居民的收音机又被军警当局普遍剪去短波，一般收音机收不到。因此一定要有懂得无线电短波收音机安装技术的同志，自己设法在街上打游击购买器材（整宗购买器材容易引起敌特注意和追踪，因为一切无线电料行、修理店，都被敌特控制了），拼拼凑凑装上短波机收音，这个同志如果同时能搞印刷，工作起来就更方便了，可以随收随印，十分灵便及时。无论怎么困难，我们都要每天坚持收听延安广播，这不仅为了印刷出版秘密报纸需要，党的工作指示，也要靠广播来及时了解。

传递和散发秘密印刷品是一个严重的斗争，搞不好就出问题。也有一些方法需要讲究：印刷品的携带和传递，除在印刷品本身做一些伪装（这种伪装办法是很多的，靠自己创造）外，主要靠党的组织系统，从上到下传递下去，一直通过进步团体、进步群众转送到群众手里去。也有利用敌人的报刊作伪装，进行邮政传递的。敌人在邮局总有检扣信件、报刊的特务，伪装要做得好，使敌人无法怀疑，放了过去。因此对敌人报刊发行情况应该了解，敌人政治机关的各种信笺、印戳，各种公司商号的信封，都要多加收集或仿造一些，或伪造一些，作为包装纸。携带印刷品的同志要沉着勇敢，不要畏首畏尾，露出可疑神色来，要知道敌人不可能对每一条街上走动的人都进行搜查的，何况还做了伪装，一般文化较低的特务，看到了包装的印刷品，也不容易发觉的。

在城市散发印刷品的方法是很多的，许多同志过去做了许多创造。只要勇敢、沉着和机智，总是可以创造出办法来的。比如黑夜在无人街巷张贴（在墙上写大标语并不好，容易被发现），张贴较快，纸张不大，先刷好糨糊，一贴即成。也可以伪装成贴广告的工人，在贴广告的同时，夹着偷贴一张传单或报纸是很容易的。在电影院的暗楼上向楼下撒下去，或在大公司的楼顶、窗口、楼梯向大街撒下去，并不困难。快车行车中偷偷向窗外撒出去，在茶楼酒肆和乱七八糟的广告夹在一起，放在桌上备取，向人家信插中投入，从大门低处随报纸送进去，等等，都是办法。还有很"绝"的做法，如在狗身上绑上印刷品，狗尾巴上挂爆竹，点着火后驱狗入闹市，爆竹一响，狗就狂奔，印刷品纷纷落下，很引人注意捡取。也有用引线爆竹，装入印刷品，挂在路旁树上，点上火从容走开，爆竹爆破后沿街都是，行人纷纷捡拾。还有用小火箭（一种爆竹）从远处射入广场人群中去，还有用气球带到空中再散落下来的。这些办法都是可以因时因地制宜加以创造的。

我们印刷的宣传品除收听中央广播或中央发来报刊文章转印发行外，也有自己编辑撰写的文章，这是为了针对地方的形势，针对当时政治斗争而出的，目的在揭露敌人，提出号召，分析斗争形势和方向等。我们的宣传品之所以受人民欢迎，喜欢看，就是靠讲事实，说真理，反映人民的思想和要求，同时也靠有生动活泼的形式。文章要写得准确，鲜明，生动，及时，通俗，泼辣，更要简短。不说假话，不搞低级趣味，不带学究气。对敌人要打得准，尖锐有力，击中要害；对朋友要和，要注意行文方式。油印刻写印刷要求清晰美观，这种印件本身就是使人一见就爱不释手的艺术品。

在宣传上要特别照顾到工人农民，考虑到他们一般文化水平较低，时间又少的特点。对工人农民要做很好的宣传，不下功夫研究是搞不好的。要通俗、简明，不要教条，不要艰深。要用本地活人活事来讲道理，多宣传：到底是谁养活谁；两个世界两种生活；团结起来力量大，只有革命才能自己救自己；只有共产党才能救中国等等。在工人农民中间有很好的宣传家，要注意发现和培养，充分发挥他们的作用。

六、党的秘密工作

地下党之所以称为地下党，就因为它的活动是在敌人统治区的白色恐怖下进行的，秘密进行的。秘密地工作是地下党的基本特点和基本工作方式，因而秘密工作在地下党活动中是非常重要的，搞不好就有亡党亡头的危险。但是我们共产党的地下秘密工作是建立在广大革命群众活动的基础上的，是由有远大革命理想，有非凡的革命抱负，临危不惧，至死不屈的革命党人所进行的，这和敌特的脱离群众反对人民的秘密活动有本质的区别。因此对于党的秘密工作要有正确的认识，非常重要。

（一）对于党的秘密工作的认识

1. 秘密工作是地下党活动的基本方式，是在敌人白色恐怖环境中进行活动的。中国革命的主要敌人国民党反动派在帝国主义的支持下，建立了用以专门反对共产党和革命人民的庞大的特务、宪兵、警察、保安部队等机构。他们拥有各种专政工具，从德国、日本特别是美国学到许多破坏共产党和革命人民的极其狡猾的残毒的反革命方法。他们自己也在和我们地下党长期斗争中积累了相当多的反革命经验，他们真是集中中国封建主义和外国法西斯主义反共反人民手段之大成。他们完全抛弃了一切资本主义国家的民主的外衣，实行赤裸裸的野蛮镇压和屠杀，封建主义的野蛮性，法西斯主义的残酷性，美国式的、现代化的侦查、逮捕、审讯、屠杀人的种种"科学技术"，他们都用上了。因此，做地下党工作的同志，必须对敌人的破坏活动经常保持高度的警惕，努力保存自己的组织，率领群众向敌人进行胜利的斗争，切不可麻痹大意，掉以轻心。

2. 地下党秘密工作诚然重要，但是秘密工作是为政治斗争服务的，为保证顺利开展工作所用的，不能把秘密工作强调到不适当的程度，以致因为秘密工作妨碍和影响正常工作的开展，不能把秘密工作神秘化。那种为了秘密工作，长期做消极的埋伏和隐蔽；害怕白色恐怖，只顾自身安全，不敢开展工作，不敢深入群众、宣传和组织群众、领导群众对反对派进行斗争；害怕暴露，天天孜孜于自己的掩护职业，把党的工作放在一边，甚至把自己生活搞得很灰色，连一个进步分子都不如，还要这样的共产党员干什么呢？这都是把秘密工作看得绝对化，把敌人的白色恐怖看得太严重了，以致长期无所作为，这是和共产党地下党员的称号不相符的。

3. 必须反对在地下党秘密工作中的单纯技术观点，以为地下党的秘密工作就是一种神出鬼没的活动方式。有各种秘密工作的技术方法，讲求秘密工作也就是讲求这些方式方法，这也是不对的，或不完全对的。应该教育地下党员，我们在白区工作，必须具有藐视貌似强大的敌人的英雄气概，敢于斗争，敢于胜利，善于斗争，善于胜利；必须具有忠诚不贰，勇敢坚定的大无畏精神，必须具有相信胜利，准备牺牲的决心。不管白色恐怖多么严重，但是他们是反人民的，是趋于灭亡的势力，而我们是革命者，有远大的理想和光辉的前途，绝大多数人民是站在我们一边的。我们有一切条件可能在敌人统治区活动，并取得胜利。不要为敌人的气势汹汹所吓倒，为敌人的残酷镇压所慑服，为敌人的阴险狡诈所欺骗，只要我们在政治上处于优势，在精神上处于上风，我们一定可以压倒一切敌人而不会为敌人所压倒。只有这样我们的秘密工作技术才能发挥作用，才能击败敌人的秘密工作技术。单纯技术观点，只在秘密技术上下功夫，结果往往失败。只要有高昂的革命精神，一切技术都是可以学会的，而且是可以在勇敢斗争中应用自如，并且有所发明创造的。

4. 必须教育地下党员认识到，我们当然要做到保存自己，消灭敌人，但是最有效的保存自己的方法，就是发动和依靠群众，领导群众向敌人进攻。进攻可以说是保存自己最重要的方法。要使自己在白色恐怖中得到安全保障，最有效的办法就是深入群众，和群众同呼吸、共命运，和群众一样生活。发动和组织群众，和群众一起斗争。根据群众自愿，在内外环境许可的条件下，英勇机智地同敌人斗争。由于你沉没在群众的汪洋大海中，虽然在那里推波兴浪，敌人就算明知有共产党在其中活动，也是无可奈何的。有了群众的支持和掩护，往往可以化险为夷，因此深入群众，积极工作，是最好的掩护自己的办法。

5. 我们强调秘密工作服从于政治斗争，要秘密工作技术服从于政治，并不是可以忽视地下党秘密工作技术的研究。必须注意对于一些行之有效的秘密工作技术，特别是秘密工作纪律和规定的认真执行，必须重视敌人破坏活动的严重性和残酷性，必须研究敌人进行破坏的规律和技术。任何时候都要把秘密工作放在地下党的议事日程上来。要了解和研究敌情，要检查自己的漏洞，要把对付敌人破坏活动的方法告诉地下党员，要学会一套秘密工作的方法和技术，特别要遵守秘密工作的纪律规定。在秘密工作的具体细节中，有时有一点疏忽，就可能带来严重的后果，这种教训是不少的。

6. 地下党的领导对于秘密工作是否有正确的认识，是否注意秘密工作，对于当地地下党的安全有直接关系。破坏事故是难以完全避免的，但是可以避免遭受毁灭性的打击。领导同志必须自己注意秘密工作，随时检查秘密工作，进行秘密工作的教育，注意敌特动态和他们进行破坏活动的规律。要经常发现秘密工作中的漏洞，及时堵住漏洞，做安全的断然措施，并及时执行纪律。要经常有应变计划（如同志被捕、领导机关遭受破坏紧急通知和疏散办法的事先安排等）。要经常了解敌特活动的情报，了解敌人将要发动进攻的征兆等。这些都是地下党领导应该负责的。

（二）地下党秘密工作纪律十条

根据长期地下党活动的经验，地下党活动的秘密工作纪律大致可以总结出如下的十条来。过去许多破坏事故，往往不是由于敌人有多么高明，多么厉害，而是由于党内对于这十条纪律不能严格遵守，出了娄子的。要是我们每个同志都遵守这十条纪律规定，地下党是可以做到不出或少出破坏事故的。过去防止破坏事故的出现或扩大，也靠认真执行了这十条纪律规定起了作用。

1. 不得拉横的关系。不准和本人不同组织的同志发生横的关系，包括过去同过组织现在已不在一个组织的同志在内。

不得拉纵的越级关系，即使由于工作关系，曾经知道领导过自己的直接上级领导人的更上级同志，或同级领导同志但无直接领导关系的同志，都不得发生党的关系。上级领导人如无必要，不要去了解下级越级组织的人和事的详细情况，特别是党员的真实姓名、住址、职业、接头暗号等。

2. 不得打听与自己工作无关的人和事。如不得打听任何上级党组织的组织机构名称，领导人员的姓名（包括党内假名在内）、住址、掩护职业；不得打听非自己所在组织的情况（如力量大小、分布状况、地区范围、曾经搞过的斗争等）；不得在同级中打听虽是自己组织的下级组织，但并未分工归自己领导的下级组织的领导人姓名、住址、职业、组织情况、活动情况。同级的同志开会汇报工作时，只汇报自己所管部门、单位党组织的大概情况，谈事不谈人，谈人不谈真实姓名及其地址、职业等；只谈党内的代名，不得打听领导自己的上级领导同志的真实姓名、住址、籍贯、掩护职业等；只称党内约好的代名，如无必要不得打听或要求了解并肩作战但不属同一组织的友邻组织的领导人、成员的姓名、住址、活动情况，只通过上级组织和友邻组织联系，统一部署；非经介绍，不得打听党组织给自己安排的掩护关系是否党员，更不能在掩护关系前暴露自己的党员面目，打通横的关系；不得打听过去归自己管过，现在已经不管的下级组织的任何情况，更不能以旧关系去找他们了解情况，讨论党的工作，应该隔离，不再有任何往来，哪怕原是亲属、朋友，也应如此。

3. 不得把自己知道的党组织的秘密泄露给任何人。不得在任何场合暴露自己的党员身份给同自己没有正式的直接组织关系的人，包括自己最亲近的人、亲戚、朋友、同学、同事在内；也包括过去曾和自己同过党组织，但现在已无关系的党员在内；也包括现在已不直接领导自己的上级领导人在内。党组织的秘密不仅包括自己现在所属的党组织，而且包括自己过去曾经发生过关系的其他党组织在内，这些秘密包括党组织的领导机构名称、系统、组织情况、领导人员及其所领导的党员的真实姓名、籍贯、住址、职业、化名、通信地址、联络暗号以及过去历史、活动情况。对于喜欢乱打听小广播的现象，一切党员都有义务加以抵制、批评、斗争，并将其泄密情况报告给党组织，屡教不改的应受到纪律处分直至切断关系。

4. 非经党组织批准，不得保存任何有关党组织的活动的文字性的、图片性的、实物性的机密材料，就是经过特别允许的也要先作技术处理，然后保存。特别是党组织的人名、地址、联络暗号、统计资料、密码等东西，未经严密处理，不准保存。非经批准不得保存党的文件，个人也不能保留笔记本、通信录、信件、照片、账册，一般也不宜在自己住的地方保留大量的马列主义著作和进步报刊。非经特别允许不得保存印刷机器、器材，收发报机；除开武装工作人员，或经特许，不得保留任何武器、军事地图、物品。在领导同志驻地特别不准保留上述禁止保留的东西。对那些喜欢作记录保存的人，一经发现，应严格制止和批评，立刻销毁，屡教不改的要给予纪律处分，直至切断关系。如同时发现喜欢乱打听及其他可疑现象，应引起应有的警惕。

5. 必须注意自己居住地方的隐蔽和安全。一般均须有可靠的社会职业掩护，自己居住的房屋摆设、来往人员须与自己职业相称，并须有与掩护职业有关的日用东西，不露破绽，但又不因掩护而使组织花费大量资财。必须认真从事自己的掩护职业活动，不引人怀疑。一般不在自己居住的地方和同组织的党员接头、开会，印刷文件、传单，但原来是互相知道的一直有往来的可照常往来，必要时也应切断。特别是党的领导工作人员住的地方，除原已熟识的同级领导同志，不得作为接头、开会的地方，不得作为党内的任何通信处。如偶然被下级同志知道，应视情况作适当处理，直到迁移。同级的领导同志最好也不要互相知道住址、职业、化名及掩护职业，上级组织也只通过约好的联络地址找下级同志，不要打听其详细住址，职业化名，与掩护人的关系，掩护人的姓名、住址。在自己居住的地方日常进出必须注意安全，每次进出均须留心有无可疑被侦视或盯梢迹象，一经发现证实，立刻转移住址。和领导同志经常发生直接关系的人员，如"坐机关"人员、家属党员、交通联络员、掩护工作人员、机要人员、保卫人员等，必须经常留心领导同志的安全，非有必要，不要时常往来。

6. 必须注意开会和接头的安全，不要在领导同志家里开会接头。开会时参加人数要压缩到最低限度，一般以几人为宜，更多则必须做事先充分掩护的安排，如请客、吃饭、牌局、游览、野餐、生意买卖、合伙"打平伙"等。开会的时间尽可能缩短，不要一连开几天，可以采取分散办法，一个大会分成几个小会开，一次会议分成两三次开，不要拘形式。特别是原来不认识的各级领导同志，不要因开会而互相认识了，即使非常必要时，也要各用化名，不互通地区及地址，三五人开会可在稠人广众之中的公共游乐、喝茶、会餐的地方进行，谈笑自如，不露声色，切忌一人长篇大论。开会的人的身份应相近，到会时及开会中和散会后，都要注意四周有无人留心侦听、侦视或盯梢迹象。在一个地方开几小时后应转个地方再开。互相接头应以一二人为宜，更应灵活机动，时间更短些，地方改变更大些。也不宜一人专说，一人专听，以闲谈方式接头最好。接头前、接头中和接头后都要暗地留心周围的人物环境有无异状，有无盯梢的迹象。如有可疑，立刻设法分散。接头时要准备应付突击检查，在公共场所接头，不得携带文件或进步报刊在身上。

7. 必须注意上下左右通信联系的可靠性、机密性和灵活性。上下级之间必须有机密而及时的电报、通信、联络方法。必须做充分的技术处理，不为敌人邮电检查特务所截获或侦破。要尽量不暴露上级机关的地址、人员姓名及职业、联络暗号。非有必要，不可过于频繁联络，必须注意上下级人员往来、交通员往来的住址的安全，一切联络、接头都按原先约好的地址、时间、联络暗号进行联络。没有联络暗号或暗号不合，不得接上党的关系，进行党内往来，哪怕是亲属、朋友或原来认识的同志也不允许。有特殊情况要研究后特殊处理。如原约的时间地点没有联络上，应按原约好的再接头办法或联络地点重新联络，注意"三准"：准时、准地、准暗号。

8. 必须注意外出旅行时活动的安全。外出的领导人员、交通人员行前应有相当准备，有各种相当的职业掩护证件及职业化装，随时准备应付车、船、飞机场以及旅馆的检查盘问，对答自如，不可惊惶，不怕冒诈。在本地外出活动时必须留心被敌特盯梢的可能性。一遇可疑情况,就进行"试梢",证实有无人盯梢。如确有盯梢,必须采取办法"脱梢",必须遵守被盯梢后的"三不准"规定:一不准未确实脱梢就回到自己住地去;二不准被盯梢中在街上和自己认识的党员和进步群众打招呼;三不准被盯梢中去找任何党员或进步群众接头。脱梢之后,必须经过鉴定,证实脱梢了(如在大城市中至少要通过三条小巷再无一个可疑的人跟着或迎头盯梢),才能回家或去办事情。并要在事后研究被盯梢的原因何在,作及时的安全处理。

9. 必须随时有应变准备,特别是党的领导机关、领导人员要有应变准备。要设想各种不同大小破坏事故发生后,领导机关如何及时作应变处理,如临时紧急通知的办法,事先安排疏散去向。领导人员无论在多么严重的环境中,即使冒生命危险,也必须临事不乱,临危不惧,沉着镇定,组织疏散隐蔽工作,直至把漏洞堵住,组织又趋稳定了,才算完成任务,才可考虑自己的撤退和隐蔽。临事惊惶,恐惧逃跑,置疏散工作于不顾,不去冒死援救同志,那是犯罪行为,须受党纪处分。凡遇破坏事故,特别是领导机关的破坏事故,必须遵照党的规定,作彻底的疏散。凡是被捕人所了解、认识的党员,都要转移阵地,脱离险区,无论撤区范围多大,要和敌人抢时间,走在敌人前头,进行疏散撤退。坚决反对寄希望于幻想,以为敌人也许破坏不到那里或那一个人的身上;或者以为被捕同志一贯表现坚定,不至于说出机密。好同志的坚定性可以相信,敌人也的确是昏的,但还是不能存在侥幸心理,老老实实照规定应疏散的就及时地彻底地疏散出去。

10. 如被敌人逮捕,在任何情况下,在酷刑下,在死亡威胁下,都不得对任何人,包括一同或先后入狱的自己知道的同志在内,暴露党的任何秘密;不得说出党组织的机构,人员姓名、化名、地址、职业和联络暗号;在未经叛徒确实指证前,不得轻率承认自己是共产党员;必须对敌人的阴谋诡计提高警惕。必须保持崇高的革命道德气节,威武不屈,准备牺牲,到死保守党的机密。不得自首、叛变、投敌或变相地自首。在敌人面前表现出软弱、动摇、泄密以至自首、叛变、投敌,都是和共产党人的光荣称号不相符的，且要受党纪国法的制裁。如是被释放，无论是由于敌人抓不到罪证无罪释放，或是判刑后刑满释放，或者敌人搞阴谋"假释放"，出狱之后，不要去找党组织和任何党员，不要要求接上组织关系。一般原则是出狱党员，未经审查，不得恢复关系，应自己设法疏散出去，安下身，从头做群众工作，听候党的考查和审查。党组织对被释放出来的党员不得派人去接关系，但可相机通知他疏散出去，自谋出路，继续革命，听候组织的审查和安排。

七、 党的统一战线工作

地下党的统一战线工作和整个党的统一战线工作一样，是党的三大法宝之一，十分重要。特别是地下党因处在敌强我弱的形势下工作，要取得斗争的胜利，必须尽力扩大同盟军，最大限度地孤立敌人，更要抓统一战线工作。

进行统一战线工作的原则是发展进步势力，争取中间势力，孤立和打击顽固势力；活动的策略是争取多数，反对少数，分化瓦解，各个击破；斗争的策略是有理、有利、有节。不斗则已，斗则必胜，适可而止，善于妥协。

统一战线工作的对象是随革命历史发展的阶段不同而变化的。在整个新民主主义革命时期统一战线的中心问题就是我们和资产阶级的关系问题。所谓统一战线对象的变化，也就是指这一阶级及其代表政治势力——国民党同我党的关系的变化和中间势力与我党关系的变化。

统战对象有不变的部分，这就是农民阶级。这一部分和无产阶级建立巩固的同盟，接受无产阶级的领导。其他小资产阶级的劳动群众，中下层知识分子，学生群众，他们是我们的基本同盟军，是进步势力的构成部分。也正如地主封建势力，买办官僚，大资产阶级及其政治代表的顽固势力，是我们的敌人一样，不会变化的。这些不是今天的敌人，就是明天的敌人，总是迟早要打倒的对象。

但是在中国极其复杂的革命历史发展过程中，也显现复杂的变化情况。比如在民族解放斗争中，封建地主阶级中分化出来的开明士绅（即多少带点资本主义倾向的地主分子），在抗日时期，一切不反对抗日的地主分子，我们并不采取打击消灭的做法，也暂不没收土地，以利抗日斗争。又如在民族解放抗日战争中，在大资产阶级中分化出属于英美的买办资产阶级，必须区别于亲日的买办资产阶级。前者在其愿意抗日的条件下，我们也不采取打击的态度，争取其反对亲日派，留在抗日的统一战线内。这就是以革命的两面政策对反革命的两面政策。我们还遇到一些地方实力派，即代表地方大地主阶级的封建军阀，当他们受到国民党反对顽固势力蒋介石的排挤、吞并、压迫，处于生死存亡的关头，在政治上表现出对蒋介石持反对态度，他们要找同盟者以保全自己，于是找到我党和一些中间势力，自己政治态度上也表现为中间势力，主张抗日和民主，或暂时表现抗日和民主。这种势力如果分化利用得好，也可以使那里的党的活动有一定便利条件。也有些地方势力和我党在反对蒋介石的解放斗争中合作到底的。

在统一战线中变化较大的是民族资产阶级、资产阶级上层知识分子及其政治代表的某些民主党派。他们在十年内战时期，有的起初跟着大地主、大资产阶级及其政治代表蒋介石跑过，反对我党。但是后来他们感到在外受帝国主义侵略，内遭蒋介石倒行逆施政策的压制，自己并不能达到发展的目的，便开始转变态度，要求停止内战，联合抗日，和我党建立了统一战线关系。这些势力是很重要的政治势力，和我党联合反蒋，一直到新中国成立。他们的政治代表如民革、民主同盟、民主建国会、民主促进会等，在国民党统治区的地下党活动中，一直和我党建立统一战线关系，共同对蒋介石进行斗争。新中国成立后，他们也参加了政府工作，文教工作，工商工作。但是这些势力的内部构成是比较复杂的，持有各种态度的人物都有，有的表现为进步势力,有的表现为中间势力(这是大多数),有的表现为落后甚至顽固势力。但是他们总的表现为中间势力,反对蒋介石反动统治。他们之中有民族资产阶级、开明士绅、杂牌军队、国民党内部的中间派、中央军内的中间派、上层小资产阶级和各小党派七种。我们对待他们是作为联合反对蒋介石的同盟者,努力推动他们进步,接受我党领导。对于这些代表不同阶层不同利益的团体的政治态度和他们在政治上的代表人物,应进行了解,并做出阶级的分析,是做统一战线工作头等重要的事。不要为他们表现出的某些积极进步倾向而惊奇,也不要在某种政治关头他们忽然向后转而感到突然。他们是以他们的阶级利益为出发点的。

我们和他们总是又团结又斗争,以斗争求团结。在地下党斗争中,有时因为他们在一个地区依靠当地的中间势力(如地方军阀势力),在政治上显得活跃和有力量,便不肯接受地下党的领导。如果那里地下党活动是没有力量的,没有群众基础的,他们更会翘尾巴,有些地下党也就难于保持领导地位。我们在任何时候也不能放弃我党的政治领导地位,这种领导地位首先表现为我党中央革命立场的坚定性和彻底性,表现为我党中央政策的正确性,表现为我党有深厚的群众基础。但是地下党因为不当权,必须下苦功夫在群众中建立自己的政治基础,有广大群众支持和拥护我们,才能保持在统一战线中的领导地位。这些中间势力如看到我们没有政治力量,要他们接受地下党的领导是困难的,要在政治上指导他们行动也是办不到的。因为他们的活动往往表现为少数政治活动家的上层政治活动,有的甚至是政客式的活动,他们不能深入群众做艰苦细致的群众工作,也得不到基本群众的拥护。他们有的在教员、教授、大学生、社会活动家、技术人员、知识分子中可能有一些群众基础,在政治斗争中力量却不大,必须依靠地下党和党领导下的群众力量,这样就要听我们的了。

我们和这些中间势力联盟反对蒋介石反动派,他们有时候想以他们的政治主张、政治要求、口号等,作为共同斗争的主张和口号,总想领导群众按照他们规定的政治轨道前进,总想在群众中发展他们的组织,这样一来,和我们产生摩擦有时是不可免的。如果他们的政治党派是由右派分子在当权或占优势，加上国民党特务在他们中间活动，挑拨离间，这种斗争有时会激化起来。我们的对策是：

第一，不要害怕这种政治矛盾，我们的政治路线、组织路线是不能让步的，不能拿原则做交易，只求一团和气。我们要鲜明地表示我们党的政治立场和态度，并宣传其正确性、优越性，反对他们的妥协性、动摇性、改良主义性，使群众支持我们的主张，不赞成他们的主张。

第二，为了团结，为了巩固在我党领导下的统一战线，不能斗散了、斗垮了。要有节制，讲求方式，和他们中的进步势力多接触，多宣传。要和他们举行必要的协商和谈判，在一些枝节技术问题上作适当的让步，照顾他们的利益和面子。

第三，依靠群众的呼声、主张来纠正他们的错误主张及倾向，包括他们所依靠的群众在内，以进步群众去争取中间群众，促使和压迫其上层政治代表改变其错误态度。

第四，依靠他们中的左派进步分子，争取和说服中间分子，孤立右派分子，揭露和打击其中的破坏分子及暗藏的特务分子。

为了达到团结和工作的顺利，一定要帮助培养和壮大他们中的进步力量，推动他们进行内部的改造。过去我们曾和他们的上层主要领导人物协商，为了壮大他们的左派势力，有意识地派出一些党员参加进他们的党派组织中去，和他们的上层人物一起推动他们党派更趋向于进步，使进步力量在其领导机构中居于重要的地位，以至达到进步力量能完全控制的地步。这样就可以保证其进步性和保证我党的领导。同时我们也有意识动员一批进步群众参加到他们政治团体中去，支持进步力量。在政治活动和斗争中有意识扶植其进步力量在群众中的威信，压制其右派的活动。

这些民主中间势力有时表现出某些动摇性和妥协性，要克服它，只有我们表现出原则的坚定性和对敌斗争的坚决性，越是进行坚决而胜利的斗争，越显示出群众威力，中间势力才越愿跟着我党走。如果他们一意孤行，他们就会丧失群众的支持,他们的政治资本也会失掉。

国民党反动派总是千方百计动摇和拉拢中间势力,企图把我们孤立起来。他们会在政治上对中间势力让步,和中间势力举行秘密的或半公开的单独谈判,给以优异条件;挑拨我们和中间势力的关系,不惜造谣诬蔑,甚至伪造文件及证人来破坏。他们一定要派特务或者他们能控制的上层分子、上层知识分子钻进中间势力的政治团体中去,组织右派势力,拉拢中间分子,孤立和打击进步分子,和我们闹矛盾,起纠纷,搞对立,以求分裂。我们必须注意防止这种倾向。中间势力能够存在和发展,就赖于他们有中间偏进步的政治立场,如果让右派当权,失去这个立场,中间势力就会濒于灭亡,没有中间群众的支持,也就没有生命力,无法活动了。这就是敌人阴谋终必失败,我们争取终必胜利的根据。但只有根据,不创造条件,不去努力工作,不去努力斗争,还是不行的。

中间势力是会发生变化的,其内部本来有左、中、右之别。在各种不同政治环境,特别是政治大变动的关头,就会发生变化。我们应密切注意其政治倾向,特别是在政治大变化关头,我党及敌人的政策都在发生变化的关头,留心他们的政治态度、立场,了解他们有代表性的左、中、右派头面人物的政治态度,他们的政治言论、活动和表现,是非常重要的。保持统一战线内部以斗争求团结,保持党对统一战线的领导,是要经常关心的两件大事。

对上层知识分子群众进行宣传中,会碰到一个十分严重的问题,就是旧民主主义思想或即所谓"民主个人主义"思想问题。他们常常保持所谓"独立思考",保持"中立"思想,自命清高。在政治上企图形成"第三条路线"。他们在知识分子中保有相当大的政治影响和思想影响。这便是这些组织中右派分子集团和右派路线的来源。

这个势力和地下党斗争是很激烈的,可以说是很危险的潜在力量。我们坚决反对旧民主主义和"第三条路线",不让这些右派分子在民主党派中居于领导优势。

实际上中国的上层知识分子跟他们走的很少，如朱自清、闻一多教授都抵制过他们。

还有一项十分重要的工作，统战工作部门应该努力去做的，就是对敌人进行策反工作。对于反动派和顽固势力，也要进行分析。他们不是铁板一块、没有空子，我们要充分利用他们之间的大小矛盾，尽可能分化瓦解他们，各个击破。要善于把最坏的最顽固的一小撮敌人和次坏的敌人区别开来，把顽固不化和顽而不固的敌人区别开来，从而把次要的敌人和明天的敌人分化出来，和他们哪怕是暂时的妥协也好，能作为间接的同盟军，推动他们和头号敌人斗争也好。他们之中有的人甚至是可以争取在政治上"起义"的。

党内从事统一战线工作的同志，由于他们长期和旧社会的各种人物接触往来，因而有的党员也养成一种政客作风，喜欢吹吹拍拍，拉拉扯扯，甚至把这些庸俗作风带到党内来，这是很不好的。要加强对他们的教育，严格要求，热情帮助，体谅他们的工作条件，千万要注意不要在思想上被人家"统"过去了。

统一战线工作也是为武装斗争服务的，因此要加强对各种武装力量的统战工作，要打入到敌军中去做细致的策反工作。必要时实行"枪换肩"，当然这也是很危险的工作，要加强领导。

八、 武装斗争问题

地下党斗争的终极目的，除了配合我党根据地的武装斗争外，还要自己努力向独立的武装斗争和建立游击根据地的方向发展，为建立在敌区的人民政权而斗争。地下党从领导到一般党员都要留心学习武装斗争，害怕武装斗争的右倾思想必须克服。

这里说的武装斗争不是指老根据地已具规模的那种武装斗争，也不是指老根据地派出武装工作队去根据地外的敌占区发动和组织人民进行的那种武装斗争，也不是指抗日战争初期，敌人疾进，国民党政权崩溃时，我军派人去敌后真空地带活动，发动群众进行的抗日武装斗争。这里指的是在国民党统治区如何组织群众，发动群众武装暴动的那种武装斗争。我没有去直接参加和领导暴动的实践经验，只是参与事先的策划和事后的总结工作。这里说的是当年许多同志的实践经验的解述。在国民党统治区发动武装暴动应注意：

（一）要在敌占区发动武装暴动，根本的根本是事先要有深入的群众发动工作和组织工作。要在那种群众已经不能照旧生活下去了，敌人也不能照旧统治下去了的地区发动，在那里群众愿意起来进行武装斗争，我党又做了切实的组织准备，才可以发动武装暴动，决不可单凭主观意愿，一时热忱，贸然发动，甚至强迫下级去发动，这样做非失败不可，往往还造成不必要的损失。

（二）农民暴动只有在战争中学习战争。干起来再学，干也就是学。如有一点基干的武装力量，或有一批有经验的指战员，发动暴动取得胜利会比较顺利些。这些武装骨干力量来源于群众，并与当地群众紧密地结合起来。群众发动起来了，骨干就涌现出来了，为能得到本地群众的自觉响应和支持，就有成功的希望。群众的自愿参加和支持是十分要紧的，否则暴动即使一下胜利了，也难以持久。至于想用自己掌握到的一点敌军、地主团队或统战部队就想起事，我们的经验是不易成功的，且是危险的。

（三）发动群众进行武装暴动，一般要经历以下的过程：1. 派党员到那里进行艰苦的长期的群众组织工作，在本地的贫雇农中建立起坚强的党组织，在党组织外围以有形无形的形式，公开合法的或秘密非法的形式，团结了大量的贫苦群众。2. 党领导群众进行从生活斗争走向政治斗争，经过胜利斗争的锻炼，觉悟逐步提高了，组织性大多加强了，群众肯听党的话，有了一批心甘情愿跟着党作任何斗争的基干群众了。3. 群众遭受严重的剥削压迫，又遇天灾人祸，再也活不下去，要求用暴力找寻生路了。4. 敌人对我党活动并未引起很大注意，没有大量的特务、团队、正规军来准备镇压，敌人的统治并不牢固，处于本地地主的残暴而无效能的统治下，空子很多。5. 抓住一个爆发点，一个事件，一种有利时机，突然发动，出敌不意，一战而胜利。

（四）要有好的群众条件，还要事先秘密训练一批骨干武装队员，懂得使用武装，还要有一批起码的武器，或者一起事可以有把握地抓到手的一批武器弹药（先有"两面政权"的建立，公然掌握武装，最为有利；或者我们已暗地掌握了敌人一批武装力量，派入党员在其中做骨干，一暴动就能抓到武器）。起事之后，争取敌军一批士兵，淘汰一批流氓分子，其军官则一律不要（个别例外），但除坚决反抗者外，不可乱杀。

（五）掌握"天时"，选择暴动时间十分要紧，绝对秘密，不露声色。选择群众最愤怒的时刻，选择敌人指挥最无力最麻痹的时候，选择气候、时辰最利于我而不利于敌的时刻，选择好时机实行突然袭击，是夺取胜利的关键。

（六）掌握"地利"，要找好地理环境，利于战斗，利于暴动后打圈子，有回旋余地，特别要选择群众条件好能得到支持的地区。要事先准备好退路，要找几块可以和敌人兜圈子的地方，暴动一般不易就地坚持，一定会游击来去。

（七）掌握"人和"，即尽量扩大自己的势力，得到尽可能多的群众的拥护，尽力争取同盟者或中立者，尽力孤立敌人，分化软化，麻痹敌人。因此事先要有一打响后对当地各阶层势力的明确政策，对基本群众保护，使之在经济上有翻身希望，在政治上扬眉吐气。对中农、富农不可侵犯，使之安居。对地主须分大小，分开明与顽固，只打击最顽固最凶恶的地主当权派，即大地主大恶霸（但对其家属也要区别对待）。对一般地主，收取粮税，不作人身侵犯，但要求他们不捣乱。对商人（包括中小地主兼商人）一律保护，正当营业，买卖公平，不可强取。对附近的地主及地方团队采取"拿言语"的办法麻痹他们，远追近攻，只突击其最坏而企图打我们的恶势力。要注意政策，不可自乱阵线或树敌过多，使自己陷于孤立。

（八）造成声势，一暴动就要在本地区得到武装的绝对控制或优势，提出明确的政治口号（即保护谁、支持谁、打击谁），造成政权的声势，轰垮敌政权，建立人民政权，打掉敌人或驱逐出去，使贫雇农、工人和中小知识分子马上扬眉吐气。并实行经济上的一定政策（如开仓济贫，减租减息）。对于敢于破坏和顽抗的敌人必须严厉惩罚。然而决不乱打乱杀，杀人要经人民法庭公审。

（九）立刻扩大武装队伍，扩大统治地盘，抓枪，抓人员，准备打仗。要有很好的情报工作，对敌人的进攻事先有安排，临事沉着应战，力争消灭来犯的敌人或一部分敌人，打几个胜仗，以壮声威。原则是"打得赢就打，打不赢就走"，在走中机动打击敌人。群众的支持，情报的灵通，对敌人封锁消息，并尽力扩大统一战线，分化瓦解敌人，十分要紧。

（十）要特别注意敌人的"地头蛇"，即地主恶霸及袍哥的武装。他们人熟地熟，作战灵活，最不好对付。他们与正规军联合，为虎作伥，是最凶恶的。要坚决消灭这些"地头蛇"。对正规军则要避实就虚，多打圈子，不要和他们打硬仗，拼命。能拉到大山区或边远区活动最好，那里应事先有相当的准备。在游击途中能组织政权就组织起来，并尽力帮助群众建立自己的武装。游击的任务除了消灭敌人外，就在于宣传、组织和武装群众，建立起人民政权。

（十一）坚决反对"招降纳叛"、"招兵买马"地扩大队伍，坚决反对"流寇思想"、"土匪主义"，坚决反对乱报复，乱烧、乱抢、乱杀，坚决反对逃跑主义和拼命主义。

（十二）对本地土匪要先交接以求中立，再相机吃掉他们，实行"枪换肩"。但土匪也是不好对付的，他也总想来吃掉我们，或变成地主的别动队，不留心会上他们的当。这些人很多是亡命之徒，要争取其下层，打击其上层，分化瓦解。

（十三）有的在开始起事时由于力量不足，不先打出公开旗号，却暗地在群众中做工作，和土匪活动不一般，只打击凶顽恶霸和吞并别的土匪队伍，地方一般不乱动，待积累相当力量后，群众组织也加强了，再相机打出正式的旗号。

（十四）暴动失败，或在战斗中被打败了，要努力收集力量，分散转移阵地。一些人去做武工队，分散活动，一些人做长工去，做小买卖去，一些人回乡潜伏。本地组织要调整，组织更精干，准备长期埋伏，以待新的时机。不能把武器随便散失了，队伍能合能分，其他地区的党组织，特别是建立了"两面政权"的地区的党组织，应帮助掩护收容这些流散的武装人员。

（十五）我们过去在地下党活动中，没有注意在敌人的城市中组织武装工作队，相机从事武装斗争。这在事实上是可能的，只要在工人和贫民中有很好的工作，武装活动可以采取声东击西，突然袭击敌人守备松懈的军事单位、警察机构或其反动上层及特务分子，时分时散，时起时伏，使敌人防不胜防。这也可以起到配合老区的作用，是地下党应注意研究的。

九、监狱斗争

任何时候任何地方的地下党都不能保证自己的党员完全不会被敌特逮捕，因此监狱斗争是一个地下党员必须有思想准备的现实问题，对于地下党员必须进行监狱斗争的教育。我没有入过狱，没有监狱斗争的感性知识，但从许多入过狱的同志那里了解到一些监狱斗争的知识，转述其要点如下：

（一）地下党是在敌人的白色恐怖下进行活动的，当然要注意秘密工作，随时提高警惕，但是总要估计到有被敌人破坏，遭到逮捕的可能。这一点应在平时教育中对地下党员说清楚。要进行革命气节道德教育，要求所有党员抱定"下定决心，不怕牺牲"和相信胜利、准备牺牲的精神，要有"随时准备拿出自己的生命去殉我们的事业"的决心，有不屈不挠和敌人血战到底的大无畏气概，要保持共产党员的光荣称号。任何动摇畏缩，消极软弱，任何形式的自首、叛变，都是和共产党员的光荣称号不相符的，要受到党纪的制裁。

（二）地下党员必须认识到，敌人的监狱是革命斗争的"第二战场"，而不是敌人的屠场，进了监狱是走上了第二战场，是英雄的战士，而不是孱弱的牛羊。只要抱定不怕死的决心，保持崇高的气节，充分依靠群众，组织全体难友，注意斗争策略和方式方法，在那里也是完全可以打胜仗的，能够压倒敌人而不会被敌人所压倒，把那里转变成为一个共产主义大学校，努力团结教育进步分子，为革命培养接班人。

（三）在未被捕前，应准备一两套口供，到时候看情况使用。敌人不确知自己是共产党员身份时，即使在严刑下也决不承认，寻找借口反击，敌人是无可奈何的。决不能在敌人面前表现软弱，更不能变节自首，只以一个普通进步分子面貌出现，不是共产党员，但不表示反共。如敌人已找到确切证据，或为叛徒所亲口指证，就毫不犹疑地承认自己是共产党员，并以共产党员大无畏的精神出现在敌人面前，以党员行事。任何威胁利诱，严刑拷打，绝不屈服，准备一死报党。公开批判敌人，宣传党的主张，在群众中公开活动，教育难友，组织斗争。

（四）受刑是不可避免的，但并不可怕。只要不怕死，下定决心，不怕牺牲，咬住牙什么刑也是挺得过去的，只要昏死过去就不知道了，就挺过去了，敌人就无法了。在这种关头最怕动摇，一念之差，稍露难色，敌人就抓住空子，拼命地酷刑进攻，企图打垮你，你就会更难忍受，结果走到自首变节的可耻道路上去。只要一开头就表现得非常英勇坚决，敌人硬攻不破，反倒会把你放松一些了。敌人没有弄出一个下落之前，是不会马上处死的，就留有斗争的余地。

（五）无论在任何情况下，无论敌人使用酷刑或欺骗，软硬兼施，抱定一个决心，不说出任何一个组织、一个同志的姓名、住址和活动来。不怕敌人搞神经战把戏，任何场合不相信敌人的欺骗和冒诈等诡计，不理睬任何感化的阴谋，包括动员亲属子女来软化自己在内。最好是拒绝见亲人，要见就要大义劝勉亲属。

（六）必须遵守秘密工作原则，在敌人未确证前，不得对不认识的人露出自己的身份，谈论党的情况。不得在狱内谈论任何外面党组织的情况，包括碰到的原来认识的党员在内。不得轻信不确知的而自称是党员或进步分子的人，不为其表面进步活动所迷惑。必须提防叛徒的阴谋活动和敌人故意混入的"红旗"活动。把他们的阴谋活动与党员及进步分子的真正的进步活动区别开来，揭露假象，打击阴谋，使之在难友中完全孤立，无法活动，无法住下去。

（七）在自己的共产党员身份公开后，要在一切斗争中起模范带头作用，要爱护战友，保护群众，最根本的是以自己的崇高气节去影响和教育他们。要多接近难友，鼓舞士气，揭露敌人。一般进步分子要鼓励其参加斗争，并争取出狱踏上真正的革命岗位上去。对自首与叛徒应区别对待，警告他们不得继续犯罪，要他们立功赎罪。

（八）要在生活上关心难友，鼓励大家要有革命乐观主义精神。组织学习革命理论、外国文学、唱歌、作诗等，要努力吃饭，锻炼身体。有病要求治病，要为改善大家的生活条件和卫生条件而斗争。对敌人的故意虐待、侮辱、殴打、非刑，要组织抗议斗争。要求改善政治待遇和生活待遇。必要时组织绝食斗争，但不宜轻易组织，这是监狱斗争的最高形式了。要搞就要力争获得胜利。先要做好动员准备，要齐心，要互相鼓励，爱惜精力，照顾老弱伤病残的难友。

（九）内外最好能设法联系，如买通狱内人员，对看守人员平时多做说服工作，劝其回头，但决不轻信他们，或者通过出狱的难友带口信出去，或托上层统战人士送东西等，这样做一般不很容易。外面党组织应该通过各种统战关系，进行救援工作，探视工作，在外面揭露，向社会呼吁，引起同情。组织武装劫狱，必须有充分把握才干，一般没有内应不易成功。狱内也可以组织越狱斗争，也要有相当的把握才干，越狱时党员要冲锋陷阵，准备牺牲。

（十）准备牺牲，一定要有这种精神准备，保持昂扬的斗志，慷慨走向刑场，虽死犹生，绝不在最后流露出任何动摇、感伤之情，绝不能屈辱下跪就刑，要高唱《国际歌》。

十、迎接解放

在依靠我党解放大军打过来取得解放的情况下，地下党临解放前的一切活动就是为了迎接解放。

迎接解放，地下党要注意下面的一些工作和事情：

（一）地下党在解放前半年左右，就要在全党进行迎接解放的教育，要更紧张地进行工作，但工作的内容完全不同了，要从思想上、工作上来一个彻底转变。

（二）地下党组织在解放前半年左右，即宣布一般停止发展组织，不再接受新党员，以避免投机分子和敌人乘机混入党内来。

（三）不要轻率地领导群众向敌人作无休止的斗争和冲锋，以免遭受组织的损失，这时要紧的是为党保存解放后熟悉本地情况的接管干部。大军将至，打倒敌人是毫无问题的了，我们再向敌人冲锋，对打敌人已不起大的作用，而敌人如在灭亡之前，穷凶极恶，对党员和群众采取疯狂的血腥镇压，带来组织的损失是不值得的。

（四）临近解放，各种敌人力量都发生恐慌动摇，想找寻出路，我们应加紧搞策反工作。要他们提供敌人活动情报，要他们保存档案资料，不得销毁，更要他们保护工厂企业的一切资财，不得破坏。首恶必办，胁从不问，立功受奖的政策应广泛在敌伪军政人员中宣传。这时敌伪各种人员都在找党，想早挂钩。对于这些人可叫他们立功，不承认他们临时组织的任何政治组织。在挂钩的人物中肯定有许多罪大恶极的人，不可不注意麻痹他们。

（五）临近解放，要教育群众，一面做策反的政策宣传，一面发动群众组织护厂队、护路队、护校队，以至组织武装的纠察队。保护一切资财，不准走漏、盗窃、破坏，要坚决制止敌人溃走前爆破交通、工厂、仓库活动，防止敌人偷运重要器材、文件、图纸、档案、金银现款、单据票证等出逃。立刻发出勒令，加以封存，武装看守，防止坏人乘机抢劫破坏，制造混乱。

（六）收集敌人的一切文书档案资料，以便解放后接管，并准备重要接管单位名单，敌伪高级人员情况、政治态度、现在下落（特别要掌握敌军、警、宪、特方面人员的情况）。

（七）这时不仅敌伪人员要组织各种投机性的政治组织，打出进步招牌，招降纳叛，就是进步的民主党派人士也会乘机大肆活动，扩大势力。这时敌人最容易钻进来图谋潜伏，要严肃告诫民主党派人士，不要给敌人以可乘之机，给敌人当了防空洞，也给解放后自己的组织带来了污点。特别要告诫共产党员和党的外围组织成员，不准去支持或承认（特别不得以党组织的名义去支持或承认）这种在混乱中出现的各种"进步"组织，说明在大动乱之际，良莠不齐，泥沙俱下，很可能有敌人乘机潜伏，不要上当。党组织这时要严重注意，可能有一些思想不纯的党员，平时自己工作不多，没有什么组织力量，这时就积极乱发展党员和外围组织，拉一些投机分子，亲戚朋友，以至面目不清的人混入党内或外围组织中来；或者乱建群众组织，招兵买马，以为自己有了庞大的队伍，解放后便好交代，论功行赏。这种个人主义害死人，给解放后的组织清理，带来极大的麻烦。这种同志不仅不能受赏，且要受批评以至处分。他们所拉进的人一律不予承认，应重新进行审查，分情况妥善处理。建立的团体一律不承认其合法，重新登记进行审查，有的可由工会、青年团、妇联等群众组织进行审查，取消其组织名称，吸收其可用的人员参加群众工作。民主党派搞的也是一样。至于原有的长期在党领导下进行活动的外围组织则不一样，应予承认，如"民青"、"民协"、"新青"等党的外围青年组织，还要办理转团的手续。对他们的要求和对地下党员的要求，基本上是一样的。

（八）被敌人逮捕在狱的党员及进步人士，应尽力援救。要通过敌伪策反对象，向敌特警告，并努力救援。要向敌伪直接发出警告，要其下级一般人员立功赎罪，敢有杀害党员及进步人士者，解放后追到天涯海角，必须归案法办。这时我们如有武装或被策反成功的武装，采取武力突击办法，打进监狱，救出同志来，也是可行的。

（九）这时敌伪统治虽已临近崩溃，人心涣散，四分五裂，但是敌人的特务、宪兵、刑警等还是有力量的，他们还会负隅顽抗，还可能趁我们大肆活动的时候（这时有的党员几乎是半公开活动了），向我们突然袭击，破坏党的组织，杀害党的同志。这时党的工作人员，特别是负责人员切不可麻痹大意，大而化之。切不可把自己的安全寄托在被策反的敌伪军政人员身上，一切秘密工作的纪律必须维持，直至我大军入了城，完全控制了秩序时为止。

（十）地下党由于在地下活动中受到党的教育较少，有的人受旧社会思想影响较多，一解放了，有一些原来没条件表现的毛病和缺点显现出来，如在地下党内搞山头，闹不团结，争正统，争地位等。以后参加工作了，又和老区来的党员闹矛盾。当然，地下党员和老区党员有矛盾，要进行分析，有的是由于工作作风和生活习惯的不同而出现了矛盾的，有的是地下党员的毛病，也有的是老区党员的毛病。因此，一解放，除要搞好组织会师外，更要搞好思想会师，要用批评和自我批评的武器，搞好团结。地下党的各地各级领导同志要告诫和约束自己原来领导的地下党员,注意团结,谦虚谨慎,戒骄戒躁,多看多做,少说长道短,评头论足,要尊重老区党员。地下党领导要把自己地下党组织的真实情况向老区来的党的领导同志如实汇报,以求得到老区同志的理解,取长补短,共同团结,把工作搞好。这时老区来的党的领导同志向老区党员说清楚,要重视和重用地下党员及其外围组织成员参加接管,发挥他们的长处,正确对待他们的短处,力求团结互让。甚至宣布:发生不团结现象,做领导的老区同志要负主要责任,这样做大有好处。

地下党领导同志要公开地向地下党员讲清楚,在解放初期拉进党内或革命队伍内来的人,或自己的亲戚朋友等,有的政治面貌不清,立场不稳,作风不好的要严格要求,有的还要进行适当处理。至于党员和外围组织成员在分配工作时挑三拣四的,甚至要"官"做的人,应进行自觉的自我批评,纠正歪风。

地下党组织解放后接转关系,一般是采取"先接后查"的原则,先接地下党系统,有证明人的初步审查登记上。先行接上党的组织关系,分配一定的工作,然后由其工作的机关的党组织进行审查,或者分期分批送到党校学习几个月,除进行思想教育,提高阶级觉悟,提高政治水平和政策水平外,还要对政治不清的审查其政治历史。一切敌人、坏人、投机分子都坚决清除出党。至于觉悟太低,不够格的人应停止党籍,但还是分配适当工作,嘱其争取再入党。这个工作在进行的时候,必须持慎重的态度,必须从地下党斗争的实际情况出发。对地下党员进行教育,老区来的同志应该热情帮助,真诚相见,不能嫌弃他们,而是热情地提高他们,在党的原则的基础上,团结起来,搞好革命工作。

第三部分

白区地下党秘密工作方法

我党在几十年地下斗争中积累了相当丰富的秘密工作方法，虽然没有系统地进行搜集整理，但代代相传，又不断在斗争实践中加以丰富和发展。这些工作方法对于保护我党组织不受或少受敌特的凶恶破坏，是起了作用的。其中有许多方法是许多先烈的流血牺牲所换来的，有许多是在工作失败中从反面获得的。

地下党秘密工作方法是在正确的工作路线的指引下，根据具体的斗争环境，在斗争中产生的。当然有其局限性。在时间、地点、政治环境以及所遇的敌人不同时，就会有不同的秘密工作方法。因此必须从具体情况出发，不能照抄照搬，但是有两点是任何时候和任何环境中都适用的。第一，地下党不可不注意研究秘密工作方法。地下党秘密工作方法，不是一般的工作方法问题，常常是地下党生死存亡的问题，是可以招致亡党亡头的重大政治问题。第二，别人的、别地区的秘密工作方法，不可不注意学习，不可不注意研究。但是那些方法是在特定的条件下，经过具体斗争而产生的，只能作为借鉴，而不能有懒汉思想，照抄照用。必须在自己的实际斗争中善于思索，善于总结经验，得出适合自己工作需要的一套秘密方法来。

我这里只讲一些我们工作的例子，也可以说是属于"狭隘的经验"的复述，切不可生搬硬套，贻误工作。

一、领导机关的组织和活动

（一）领导机关的组成问题

领导机关由地下党领导机关的领导人员、"坐机关"人员、交通联络站人员、电台和印刷机构人员、掩护和保卫工作人员组成。人员必须力求精干，切忌组织庞大而又缺乏掩护的领导机关。领导机关的安全问题是非常重大的政治问题。领导机关一遭破坏，就如人被砍去脑袋，地下党组织就会垮台或受到毁灭性的打击。地下党虽然通常组织了各级的委员会，但并不一定要拥有大量的委员以及实行常委制。委员会有五人左右就不算少了，一般下级有三人也能工作了。有的新开展工作的，或才开始建党的，只派一二人负责，给以工委名义或不给什么名义，让其工作，等到组织已有一定基础，工作已有一定开展，再建立委员会领导工作。书记也不宜多，有一二人就可以了，一般安排一个书记管总的工作，注意方针、政策的掌握，并联系一些特殊的党的组织关系。这种关系往往是上级交来或自己建立的特别机密的关系，如在敌军政机关中活动的重要负责党员，在敌特机关内部活动的人员，特殊的统战关系等。他可以不去和下级有群众性斗争活动的党组织人员接触。要接触的也不宜多，且要化名以至改装，这样可以保证主要负责人的安全。所谓党的这一级领导机关，也就往往设在这个同志的家里或由他联系的邻近同志家里。常常有这样的做法，即主要领导同志（如果是男的）的爱人就是"坐机关"的负责人，由其负责组织机关，进行掩护，和下面的交通联络站的人员联系，和所属各地区的党的领导机关联系，组织通信工作，并经常把联系情况向主要负责人汇报，进行处理。这样工作起来比较方便，且减少了人员。但是也必须以其政治品质和工作能力而定。这实际起了秘书长的作用。她是参加了党委会的，她所掌握的情况几乎是全部党的重大机密，比主要负责人还了解得多一些，具体一些。她除开和下级机要人员有接触外，不出去进行别的任何公开的或秘密的政治活动。外表看来不过是一个普通的家庭妇女。地下党领导机关和主要负责人的掩护工作是由她负责的，生活、经济管理也是由她负责的。

在主要书记之外，可以有副书记，主要负责各级党组织，特别是本地区主要城市党组织（如市委等）的领导，他的任务着重放在下级党组织的管理上。他知道得比较全面，甚至对下级组织情况知道得比书记还要具体一些，多一些。他所直接领导和联系的人也多一些。他也可以不是副书记，而是组织部长。组织部、宣传部、工人部、青年部、妇女部也可设立部长（或改为工委、青委、妇委，多有几个同志参加各委，而由主要负责人任工委、青委、妇委的书记）。但根据过去工作结果看，因为实际工作都是书记、委员分工、分片一揽子领导，很难分出专业性的领导来，有这个名义实际上不过是责成其多考虑这一方面的工作，提出建议。许多时候并未组织实际独立存在和活动的工委、青委、妇委机关，并配备机关工作人员，这样分部门组织机关，又搞一套人马，是庞大无用的，且有危险的。最好是临时工作需要时，派出特派员或巡视员，这样对领导机关的安全就比较好一些。

在书记、副书记之外，几个委员就按地区和工作部门进行分工。我们过去一般都是分片包干负责领导，比如特委委员，分别去包干领导一个或几个地区工委，几个中心县委、县委或一个市委的全部工作，有的甚至还兼任他领导的下一级党委的书记，另设一个副书记具体管工作。这要看下级工作人员的具体情况而定。各个委员除正式开委员会外，平常并不往来，也不互通情况，各人只和书记、副书记接触，汇报工作，解决问题。这样可以减少一些横的关系。除书记、副书记外，各委员分工包片管的党组织情况，就是开起党委会来，也不作详细具体的汇报，特别不谈下级组织的人名、住址、职业、联络暗号等。就是向书记、副书记个人汇报也不一定非常详尽地讲具体人名，可以化名代之。委员会开会不多，只听取上级传达指示，讨论本地区工作的主要方针、政策才举行。如环境恶劣，也可分别由书记、副书记和各个委员个别地传达指示和讨论工作，解决问题。

对上级的联络，"坐机关"的同志与上级"坐机关"的同志有一定的正式的联络关系，比如通信地址、联络方法等。全面工作则是由书记或副书记到上级指定的地方去向指定的上级领导人汇报工作，接受指示，这就更为机密，不得随便告诉下级知道此事。汇报间隔时间也相当长，半年一年也是允许的。上级或上级指定的代表同志到下级来检查和指导工作，也是联系的方法之一。来的领导人员只和书记、副书记见面（必要时也可和委员们在委员会上见面，开完会后他就离开这个开会地方），听取汇报，传达工作指示，对上级来的同志的安全掩护，下级必须绝对负责。

（二）领导人员的安全问题

必须把主要领导人员的安全问题经常放在各级党委的议事日程上来，这也是上级检查下级秘密工作的最重要的内容之一。"红"了的（即为敌人注意，比较暴露的同志）应及时转移工作地区，上级应负责把他们调到别的地方去工作，提拔或新派人去接替他工作，或者让他暂时埋伏起来，不活动或少活动，看看情况再说。

所有领导人员必须有可靠的社会职业掩护，必须有较为隐秘安全的居住地方。社会职业不外在敌伪政府及其企业、事业机构中担任低级职员或工作人员；在学校中担任教职员；在私营企业、事业中担任职工等。以自行经营的小企业、小商业的老板，自行开业的自由职业者、小行商、小商贩，家庭教师、赋闲食客、待找职业的失业职工等身份作为掩护，更为自由一些。寻找掩护职业有几点值得注意：

1. 找寻的这些掩护职业，必须服从于自己的党的工作，不能为了掩护，妨碍了自己的正常工作和活动，因此要找比较清闲的，更多自由活动的掩护职业。在敌伪政府及企事业中找职业，不能去那里担任繁重任务或每天须八小时上班下班的差事，最好是当一般的经常外出的低级职员或工人。在敌伪政府机关里做职员，就不如在学校或文化单位担任教员更为自由。在学校担任教员又以担任兼职教员为好，一个星期上几个钟头的课就行了。上课时数不能太多，改作业卷子太多，浪费自己的精力和时间。在私营商业、工业中任职员，也可以担任外勤职员，工作轻松点最好。自己出本钱经营小的商业，这样活动起来方便得多。但是因为我们的经济往往困难，无力经营或不会经营，以至于蚀掉本钱，难以长久维持。这种小店子里的伙计一般以找进步群众或一般党员为好，但领导人和他们绝对不能发生党的关系，或叫他们看出自己是党员，更不能暴露自己是领导同志。他们在这里工作也不能去参加外面的政治活动，以免牵连进来，失去掩护作用。从实际经验来看，能做自行开业的自由职业者和小行商，独立的小商贩，独立手工业者较为活动方便，因为只要自己一个人或家属参加就可以活动。至于以小行商作掩护，只要像个跑市场，做投机倒贩，买进卖出，买空卖空的架势就行了，走动比较方便。在那些有钱有势人家里做家庭教师，也是便于活动的，只要晚上教一两个钟头的功课即可，其余时间自己可以自由支配。搞得好还可以搬进这种公馆、大公司里去居住，只要白天进出方便就行。还有通过统战关系，介绍到一些政客官僚家去做食客、闲人，也便于活动，但以不宜和官僚们常见面为好。没有找到掩护职业时，可以待找工作的失业者的面貌出现，叫人看起来好像是在为找寻工作而奔走。不过要注意过和失业者相称的生活。

2. 找寻社会职业最好是运用自己的一般社会关系来找，而不必通过党组织或党员代找，这样可以减少暴露机会。另有一种做法，就是把党联系的上层进步人士的关系，分别交给领导人联系，领导人即通过这些党员或进步人士代为寻找掩护职业。他们一般是很容易找到一个一般工作岗位或吃清闲饭的位子的。不过在介绍时不可介绍自己是党员，更不可暴露自己是党的领导人员，只说是自己的一个失业朋友或失业进步分子，找点小事做一下。对掩护者暴露不暴露党员身份看具体情况而定，各有利弊。

3. 领导人员找寻社会职业不要让党内领导人彼此都了解，各人既不说出，也不打听，以减少可能的牵连。最多是书记可以知道，以便随时可以找找他，但也可以不知道，只要有随时找到他的可靠地址和关系人，或有可靠的联络办法，也就行了。

4. 社会职业用的名字与党内用的名字（一般是化名或只称老张、老王）、籍贯（一般不要说出是什么地方的人）必须严格分开，不要告诉下级或同级同志。社会职业的用名，如果是在完全陌生的地方，碰不到过去的社会关系人员，如亲戚、朋友、同乡、同学、同事时，可以完全改名换姓，如可能在那里碰到过去认识的人，社会职业以不改姓（可以改名）为好，以免引起不必要的怀疑。

5. 领导人员居住的地方必须安全可靠，特别是书记的住地往往就是党的机关所在地，更要机密安全。领导机构为了统筹全局，以放在本工作地区的较大城市的稠人广众之中为好，交通及通信联系比较方便些，了解情况和指挥斗争及时些。大城市里各种人物居住往来较多，也好掩护一些。居住地方以和自己的社会掩护职业相称为宜，一般不要住到高级官吏、富商大贾的高级住宅区去，那里警卫森严，行动不便。自己住的地方一般不要放在掩护职业工作的地方，即使工作的地方有住宅，也以另在他处找住址为好，这样敌人在进攻时，稍有缓冲余地。有的不住在大城市里，把交通联络站放在大城市里，主要领导人却住在郊区或邻近小市镇里，只要一两个小时就可以到城里办完事情，仍回原地住。当然这还需要找的社会职业是更为自由一些的才行（如教师、开业医生、行商等）。

6. 社会职业除开不用自己的真实姓名外，就是在职业登记填表时，能不填的不填，要填籍贯、年龄、学历、通信处和住址时，可填假的（只是这个假的地址又是有人可以间接收到信件的地方）。在掩护职业工作地方不要参与单位的各种社交活动，如宴会、游乐等，特别是照相，不可留影。最好不要在任何地方保留自己真正的笔迹，如果要非交照片不可，则应考虑在紧急状态时，自己可以完全改变相貌服装的可能性。要尽可能不参与各种政治活动，也不发表政治方面的意见和看法，最多以一个廉洁正直的一般公民面目出现。决不可为了掩护而装出思想反动，以阿谀逢迎，贪污腐化的面貌出现。一时的逢场作戏当然是允许的。

7. 领导人员的住地不可保存党的机要文件、关系口号、通信地址、秘密印刷品、大量党的公开发行的报刊及进步报刊和大量马列主义书籍；要保留与自己社会职业相称的有关物件，并且熟悉这些物件。不要放置电台、印刷机件和收藏武器。

8. 领导人员进出住地应该留心四周，但不可鬼祟，令人怀疑；不要深居不出门，也不要老是深夜不归。领导机关应放置警报记号，在出现敌人突然袭击事件时，家里人可及时改变警报记号，以警告别人不再走进去。

9. 不要和敌人特务、警宪部队以及敌特外围组织（如各种名目的通讯社、反动会社等）的驻地住得靠近了，以免引起注意。当然，有时候却又一反敌技，专门住入敌人认为我们不敢住的地方和地区去。

（三）领导机关的秘书行政和交通联络机构

在一个比较高级的地下党领导机关下，往往要设置专门的机关工作那一套机构和人马。一般中、下级机构则以尽量简化或不设置为好，有的事由主要领导人自行兼办，以越精简越好。必须设置的也只以少数几个人专门管理，如条件合适，则以主要领导人的爱人专管机关工作，担任秘书长工作更好，只是把秘书行政、交通联络机构放在另外的地方，不可和领导同志住地混淆。工作范围有：党的机要文件的接收、保存、转发，党的组织的名单（一般不要搞名单，靠脑子记住下级领导人的姓名）、通信处、各种对上对下联络暗号的保存，党委文件的起草、印发、传递（尽量少印或不印，靠脑子记住，口头传达）；管理所属交通联络站，派出交通或与上下联络通信；管理电台（一般非十分必要，不要设台，情报工作则可专门设立秘密电台）；管理收听广播、印刷和发行秘密书刊，管理党委的钱财的收支，以及领导生产机构或生意买卖机构。

1. 保存机要文件。地下党尽量减少机要文件的保存和传递，有时毛病就出在这上面。但是有时有些重要机密总不可避免须加以保存，比如联络站地址、暗号，党员应转未转出去的关系、暗号，上级送来的重要中央文件和上级的文字指示，下级送来须转报上级的重要报告等等。保存机要文件时要注意：①不要在主要领导同志住地和他的社会职业工作地方保存，以防止敌人查出。管秘书工作的同志本人住地也不要保存，应该在另外的同志家里保存。这个同志必须绝对可靠，那里有正常掩护，又有地方便于放置，他是从未暴露过的，他也不参加一般的政治活动，这个同志由专管秘书工作的同志单线领导。②所存机要文件应尽量加以伪装、改制，使其不易被查到。至于人名、地名、联络暗号则须用密码符号翻译保存，除秘书工作人员外，无人能识破，连书记也无法翻译得出来。③不用的机要文件及时烧毁。现存的机要文件，负责保存的同志应有遇到突发事件时能及时秘密销毁的紧急办法。

2. 机要文件的制作印发。上级发来机要文件，必须转发的，本级党委所起草的机要文件必须下发的，要以极可靠的方法印发下去，因为传递文字性的东西，是有危险的，因此尽量减少这种机要文件的制作。一般应是参加会议的同志或来请示汇报的下级领导同志共同商定工作计划后，即记住要领，回去靠记忆传达。到上级去的同志也是这样带回来口头传达。传达时不做笔记，或做了笔记后马上背熟了，立刻销毁。如果是上级重要文件，非照原来全文转发不可时，应由上级领导人亲自下去口头传达，或是下级领导人亲自上来听取传达，或者派交通员下去传达。都应采取背诵办法，先背熟了，到那里马上回忆复述下来，进行传达。这种死背的功夫是需要的。假如非以文字的文件送下去不可，那就需要先经密写改制，并伪装好以后，派人送去。如有时转一批应转移的党员关系到上级那里去，实在记不住那么多人的姓名、住址、接头暗号，又恐怕记错了，关系到一个同志的政治生命，就采取密写伪装，派人送去或密写伪装托开会的同志带去。关于密写或携带伪装，下面将专门举例。

3. 秘密电台。地下党活动除特别高级的党组织外，一般不设立电台，不是在大的城市，也不可能设立电台，因为一般地下党（如特委以至省委）的工作和上级联系半年有一次就行了，或上级派人来，或下级派人去，平时无须电台经常保持联系，只有在武装斗争已经开展了，需要和上级与友邻部队经常保持联系，才需要设立电台。但那时电台随军已经是公开的了。只有做情报工作的才有在敌人重要城市设立秘密电台的必要。因为情报有时间性，必须立刻发到中央的情报中心去处理。这些情报人员和地下党的地方党委系统往往是隔离的，不直接发生关系。地方地下党委不管理也不使用这种电台。过去这种情报电台由于工作不慎，也有遭受敌特破坏的，并发生过牵连。这主要是由于对敌人的侦察电台未加留心，地址为敌人的定向侦察电台侦破了，如发报的手法不变，敌人更易于跟踪侦寻。对于敌人破坏秘密电台的一套侦察做法和技术措施，必须加以研究，随时变化。一般说来，电台地址不能长久不变动，发报人也应过些时日就更换，或改换发报技法。如能有野外发报机会，经常变换发报具体方法，是有利的，但需要特别小型而极灵敏的发报装置，在小汽车上即可收发。去乡下、野外旅游、野宴中偷偷发出去，发后即驰车回城。密电码的制作也是日有发展，敌人往往设有专门收听密码、破译密码的庞大机构。当时截取对方情报的电子设备虽然有，还没有现在的电子计算机这样的高效能的侦破技术，因此密码的使用在当时仍然很普遍，侦破与反侦破是经常斗争的。

4. 收听党中央广播及印刷秘密传单、报刊文件，首先是解决消息来源问题。在敌人区域工作，由于敌人全部控制了宣传工具，进行造谣诬蔑，欺骗歪曲，使广大群众不能得知党的真实情况，解放区及解放战争进展情况，胜利消息，中央发的重要社论、评论、谈话及消息等。这些都必须及时收听，复印，通过各种渠道，迅速送到各级党组织和群众中去。比较高级的党组织（如特委、市委）是非拥有收听中央及解放区广播并印刷的设备不可的。而敌人也是非常害怕和痛恨这种秘密印刷品的传播，千方百计非破坏不可的。如何设立，如何维持，如何保存不遭破坏，如何传递印刷品，是极其重要的宣传任务，须有在党委秘书长亲自领导下的专门人员和组织来专司其事。

要收听党中央的广播，只要有一部好的收音机，有专门的人员管理，就可以每晚抄收了。但是也曾经遇到很多困难。首先当时党中央广播电台是短波，功率很弱，声音很小，又加以敌人每天放了强大的干扰电波，没有很好的收音机是收不到的。这可以通过统战关系搞到较好的收音机，但是敌伪政府又规定了一切收音机均须登记，当时要用屋顶天线，不登记又不行，一登记敌人就把短波的线圈剪除了。当时的无线电器材行业或修理店都是被敌特控制的，大宗购买电子元件，极易被敌特怀疑侦察。只可以零星收集一些零件来自己安装短波收音机。要收取中央和解放区的消息还有一个来源是不可忽视的，即责成打入敌人报馆、通讯社工作的党员，把他们看到的一些电报消息，以及了解到的敌人内部的某些情况抄送出来，供我们使用。在民主党派或地方势力办的报社、通讯社工作的党员，也能收取到我们的和敌人的一些电报。

其次是印刷问题，如果能铅印当然好，但组织一个秘密铅印所需要很多人，很多经费，保密又困难，很不容易。假如能用公开合法身份，开办一个印刷所，在承印外来印件之余，叫党员工人及职员晚间偷印党的传单、文件最为方便。但一般印刷所的开办，都要进行登记，并受敌特的注意，没有好的社会关系，不能批准开业。同时敌人为控制印刷所，在某些特殊铅字铜模上做了暗记，因此印出去的印件，敌人一查对，便从特殊的铅字上看出是哪家印刷所印的，随即加以破获。必须谨慎查对出这些铅字，剔出这些铅字，改换以新的铅字才行。有一种简化方法，即在各印刷所有党员工人的地方，秘密拿出一些常用的铅字来，用以排出小版，不用机器印，只用滚筒滚上油墨，一张一张用手工印刷。这虽然慢一些，但比较安全，印几百份也用不了多长时间。用打字机打印固然好，但是有声音，是一种危险信号。在敌伪各种机构中有我党的打字员固然可以利用，但这样偷打办法也很危险，并不安全。我们过去的实践证明，还是以刻蜡板油印最为简便，只要一支铁笔，一块小钢板，一卷蜡纸，一个油印滚筒，一卷纸张，一个人就干起来了。油印机过去都嫌笨重，去购置时还常常引起敌人注意，不如不买。只用木条自做一个框子就行，或者用一块绒布吸上油墨，蜡纸反铺上去，压上纸张，滚筒滚过，取下来就是一张印好的印件了。这样效率很高，一般可印五六百份，甚至还可以套色。地下党过去印油印，有许多印得很清晰，很出色的，刻的文字非常工整，不减铅印那么好，印完把东西一卷，很小一包东西，随便藏在哪里都方便。

过去实践的经验，编印这种秘密刊物、书报，以不"打阵地战"为好。如果老是固定的刊头名称和出版单位，敌人就会知道在哪个城市里有我党的固定的出版机关，不仅特务的上级要责成特务千方百计限期破获，而且特务也会因找不到我党线索，不好破坏，他们就要全力找寻出版秘密刊物的人，进而破坏党的组织。所以敌人只要发现了有固定的秘密刊物，就会从各方面用各种方法（如邮政检查、各机关团体截取、控制油墨、蜡纸、纸张的发售等）找出线索来。过去就曾因此而引起过一个大城市和地区党组织遭到严重的破坏。我们在另一城市则改变此种"阵地战"做法，改为"游击战"，即出版印刷的东西，不固定刊物名称和出版单位，印一期改换一个名称，地址也随时改换。连刻蜡版的字迹，油墨颜色，所用纸张，装订大小，排版格式，都随时变化。这样散发出去，效果完全一样，敌特即使侦察到这种印件，也无法判明是党的专门机构印的，也不知道是否在本市印的。特务的上级也就不一定责令本城特务千方百计来破获了，这种做法，我们曾长期使用，并未发生问题。

从事收听广播编印秘密传单、文件的人，只要有一二人就行（一个人最好），找一个妥善的掩护地方，专门做这件工作。这个人选很重要，不仅要选择懂得无线电、能编、能刻、能印的人，更重要的是在政治上绝对可靠，万一被敌人逮捕，必须有决心牺牲自己的好党员；收取发送秘密刊物的人，随时都有可能遇到危险，也必须选出很好的同志担任。发送时有许多秘密技术可以利用，而且要在政治上忠实坚定，遇事沉着不乱，勇敢而且机智。

5. 组织和领导交通通信联络工作。地下党的领导机关最需要注意的是建立对上对下各级的交通、通信联络工作机构。一般叫作交通站或联络站，由管机关工作的同志专门管理。所谓交通联络站并不是有一个专门的机关，而是选择适当的党员的家或工作单位作为通信联络地方。也不是对上对下各地都用这一个党员的家或工作单位，而是对上一个，对下各市、地区各有一个。他们之间又是互不往来，彼此完全隔开的，这样才安全可靠。担任交通站的负责党员不特需要有较好的掩护职业，更重要的是在政治上绝对可靠，不害怕困难和危险。因为他是上下级的交通枢纽，上下两级的负责同志或交通员他都知道，他要出了问题，牵连极其严重。因为他担任着人来人往，通信联络的责任，确有较易出事的危险性。所以组织交通联络站，保护交通联络站，正确地使用交通联络站，是管理机关工作的领导人必须经常留心的事。如果交通员在途中出事，或上下来的同志出了事，会牵连到交通联络站，上下牵连，会引起大破坏。因此选择好的党员担任交通联络站的工作、担任交通员是很要紧的事。

交通联络站一般设在有可靠社会职业作掩护的同志家里，比如开业的医生、律师、演员、补习学校、小栈房、小商店或独立的基层事业、企业、农场等单位。由我党同志负责或在那里工作的技术人员，都好利用。比如开业医生更是好利用，上下级来的负责人或交通员只要到他的诊疗所挂号治病，就可以直接通过约好的暗号联络上或者留下文件转给领导人了。有的还设立了两三个家庭病床，来人可以用住院治病的名义住在他家里，不像住在旅馆须受军警的盘查，领导人来找他接头也比较方便。其他单位都可以因地制宜加以灵活利用。这一级或这一地方的交通员，也可以住在交通站，以在那里作为一个一般的工作人员、外勤人员或技术人员为掩护职业，随时可以由交通站奉上级指示派交通员出发联络去。上级也可直接和交通员见面，向他交代联络事项和注意之点。联络站也可以作为联络地区党委的通信处，或者也可以另设通信处。领导机关里管机关工作的同志不定期地到交通联络站去联络，看上下级有无来人或信件，并检查其工作，组织学习，特别是检查其秘密工作有无疏漏。交通联络站除领导机关的主要负责人，如书记、主持机关工作的领导同志、分工管这一联络地区工作的领导同志和下级指定与上级联络的同志知道外，其他同级领导同志，下级其他领导同志都不准知道，更不用说其他的一般同志了。下级指定的同志即使知道了这个联络站，哪怕认识他，如果不按事先与下级组织约好的暗号来联络站接头，联络站有权拒绝为之接头和转信，并立刻报告上级处理。上级派下去的交通员、巡视员即使知道下级组织的交通联络地点，但没有带来预约的接头暗号，下级交通联络站也拒绝接头和转信，或引见本地的领导同志。

这是上下级直接通过交通联络站接头。这种交通联络站联系迅速方便，但也有缺点，就是会有人同时知道上级和下级的党员以至领导同志是谁。改进的方法是下级来交通站联络的同志一般均改名换姓，只凭暗号接头，也不说出来自哪个地区，交通站的同志无权盘问来人姓名及来处，一切凭预约暗号办事。同时交通站同志只负责接待下级来的同志，不负责派人去跟下级联络，也不知道下级的暗号及联络通信地点和暗号。这样只上不下，略有改进（但是交通员则应另外设立，或不设立，临时指派同志任交通员或巡视员到下级去联络），这样即使下级出事，也不可能通过交通联络站牵连上级。

为了改善联络工作，我们采用了间接联络通信的办法。这种联络、通信的办法很多，只要运用得好，还是既安全又迅速的（下面还将专门介绍）。还有一种间接联络办法，就是不设立专门交通站和通信处，而用统战关系民主人士中的党员或与党有关系的高级民主人士帮助转信来建立上下级的联络。这样可以在中间切断上下级直接往来关系。但是这也有缺点，一方面要对下级暴露一个与党有关系的民主人士的面目，一方面还要经常有人去高级民主人士那里取信件，也有不方便的地方。对上级可以用这种地方，因为不怕上级知道这样的高级民主人士的关系，这实际上是把对上交通站私设在民主人士那里。如果对下级仍要用民主人士那里作联络站时，可以对下级只说他是一个私人的朋友关系或者是一个一般进步人士，而不可告诉下级说他是党员或交通站的负责人，只说他负责转一转信罢了。民主人士对下级来人也不暴露自己的党员面目或与党的关系，只说是把信留下，朋友来拿时就给他。这样可以减少暴露。但是所有这些改进，实践证明都不如我们创造的间接联络办法好。

交通员不一定知道交通站，交通站也可不知道交通员，交通站只负责接待联络下级来的同志，而另设立专门对下的交通员。因为有的交通员有时需要携带机要文件，有可能中途出事，这样可以避免牵连交通联络站同志。

下面来的领导同志，交通联络站同志需要安排妥善住的地方，假如他们在本城能自行设法找到妥善住地，如朋友、同学、亲戚的家里，最好自己找妥当的地方，并且不必让党的上级领导人知道，只要约好可靠的通知联络办法就行了。如果通过其本来社会职业找到机关或其他招待所居住，或者本人是行商，住在小客栈中，也尽量自己解决，不要让他住在本地的同志家中，防止他们打通了与本地同志的横的关系。如果来的同志人地生疏，旅店检查过严，所带证件不很可靠，则当然要临时安排住的地方。如能在本地党员所开的旅栈店居住最好，有许多方便的地方。或者把他介绍到本地大中学进步人士宿舍居住，或者在民主人士家中寄住，都可考虑。总之要保证来的同志的安全。过去曾经有这种私人开业医院和宗教方面开的医院，只要你肯出钱，你就可以称病要求住院检查或治疗，他们就能够接受住院。这样住在病房里，军警特务就查不到他了。我曾经到一个小城市检查工作，以检查什么病或以戒大烟为托词住进当地天主堂医院，白天照常接头工作。敌特后来发现上级来了领导人，可是在这个不大的城市中遍查，竟然找不到我在哪里。还有一种临时办法也用过，就是某些澡堂可以晚上在其雅座（单独澡房）洗澡，然后喝茶在躺椅上睡一夜晚，这样也无特务来打扰。还有当时国民党地区大烟馆很多，可以约人晚上一同进烟馆找个铺位烧大烟过夜，特务对于抽大烟的人是不会从政治上怀疑的。至于一时追捕无处可走，躲到妓院去，听说也曾有同志这么做过，当然也不失为一种紧急方法。总之在国民党那种腐朽无能，漏洞百出的社会里，要在一个大城市混那么一些时候，躲过敌人的检查，是并不困难的，办法总是可以随机应变的，想得出来的。

二、 接头联络的办法

地下党上下级之间，各系统单线联系间，总要经常发生通信联络的关系，但是又力求减少党组织之间、党员之间互相知道名字及住址，以免发生事故，互相牵连，引起大破坏。如何做到要联就联，不联就断的状态，是要想一些办法才行的。

（一）联系的次数和时间长短，地下党工作和地上党工作不同，不可能保持经常不断的联系。

一般说来，中央局、分局对省委、边省委、特委的联系，能够保持半年一次就可以了，因为这些党委一般都是能够长期独立进行工作的，半年来一次，半年去一次或全是上级去都可以。省委、大的特委对地方工委或小特委能保持半年到三个月一次即可，地方工委、小特委对各县县委、市委、中心县委、特区区委的联系能保持三月一次就可以了。县委、市委一般都直接管下面的区委、总支、支部，那就看工作情况而定，凡是能够独立解决问题的，就不要经常发生联系。联系一次要有相当准备，每年有一两次、两三次见面开会的时间，简明扼要地汇报和工作指示，是够用的。至于发生了重大事件或斗争，上级领导可以及时派去领导同志住到那里去和下级同志一同研究，直到斗争结束或事件过去为止。

（二）通信联络办法

1. 前面说过，通常在上下级之间是通过上下级来去的领导同志及联络站、通信处、交通员、巡视员来建立联系的。在联络时必须凭预先约好的暗号，不能认人便算数。要先观察联络站里约好的警告符号（即安全信号）是否有变化，如有变化，不可贸然进去接关系，须按约好的第二套接头办法另外设法接关系。在联络站见到联络站的负责同志后，应根据联络站的特点、事先约好的相互交谈的几句话。必要时去的同志应先约好服饰的某些特点，或手里有什么特别的物品等，使联络站同志一见到就引起注意，进一步按约好的暗号对话。对准，就算接上头。联络站就可为他安排住地和约好见上级的时间办法，联络站再转告上级。也有一种做法，并不和联络站同志去对暗号，只在那里留一封信，这封信即包含了和上级相见的暗号在内。那一封信，联络站并不拆开或过问，只是照收照转上级。去的同志只告诉联络站自己住在哪里，怎么找得到他，或者干脆这也不告诉，只说明天或后天再来听信，到时他来联络站，上级已在那里等他约会。或由联络站转信，要他什么时候到什么地方如何约见领导人也可。原来的暗号还是要用，不必叫联络站带口信，让联络站知道来的同志的住址及与领导相见的地点、时间，是没有什么必要的。通常是领导同志来联络站找到来的同志后，约到外边去再研究进一步接头开会的时间、地点和办法。

联络站的同志对领导同志的住地，至少是对"坐机关"管交通站的同志的住地一般是知道的，但实践证明，这样固然很方便，但也有不好处。因此，也可考虑联络站的负责人和领导同志，管交通工作的同志另约有极其简便的相见办法，如管机关的同志事先接到下级将来的通知后，就常到联络站来看看来了下级同志没有，如有电话就电话与联络站同志联系了解。还有另外的办法，如联络站的同志先和管交通工作的同志约好，在什么地方做一个什么记号，领导同志经常留心这个地方，一见有记号即去联络站联系。也可以用登报办法通知。国民党统治区的乱七八糟的报纸很多，每天有大量篇幅的广告，我们可利用小广告栏刊登事先约好的小广告（如遗失启事、寻人启事、求业或征婚之类的广告），第二天领导就知道了，可以到联络站来联系。在特定的地方如广告栏墙上，公共厕所墙上，凡是领导同志几乎每天要经过的地方做记号，就等于通知领导同志了。做的记号不要叫人看了怀疑，要通俗和合于习惯，如贴各种小广告，什么特效药，什么包教英文，什么"小儿夜哭，请君诵读，小儿不哭，祝君万福"之类的招贴都可以，贴的地方不要叫别的广告掩盖了。

2. 以上说的是外地来的同志找上级，通过联络站联系的正常方法。但是经过长期实践，也可以不用这样的联络站的方法，而采取直接通知的办法，有几种办法是我们同志创造和使用过的。

第一种办法，登广告的办法。前面已经说过，在事先约定的敌人或中间派的报纸的小广告栏里刊登小广告。每天报上这种小广告很多，敌人是无法去一个一个广告进行核查的。比如登这样一个小广告："遗失启事：三月二日在华丰茶厅丢失图章一枚，文曰王洪德印，声明作废"，这谁能看出是联络通知？但却是通知以王洪德为联络口号的地区的地下党同志，三月二日到达本城了，请见报后三日内去华丰茶厅接头。领导同志见到这个广告，就会在以后的三日内到华丰茶厅去找来的同志接头。假如是原来就认识的，那当然好办，见面时对一下暗号，双方证实是要联络的人就行了。或就在这里谈话，或立刻一块儿到别的地方谈话去，或另约时间再谈（一般不在这茶厅继续留下谈话为好）。假如是不认识的来人怎么办？那就要靠来的人照事先约好的联络服饰特点，或其他暗号，使来找的同志可以一眼看出，再坐到一起交换暗号，对上了暗号，就先后走出去在外边另找地方谈话。这种服饰特点要明显得易于看见的，比如来的人除穿约定颜色的衣衫，还另加一个特点，比如左手白色衬衣卷起现出。或在左边太阳穴贴了一块治病的膏药，或左脸上、手上什么地方贴了一小块白纱布都可，或在茶馆的茶桌上茶碗盖翻过来放在茶碗左边，有一把正吃着的花生米，有几颗剥了皮的放在茶盖内，或穿的是布鞋条花袜子，黑布裤子等等。有了这样一些只要留心就能识别的特点，去找的同志转一圈就可以找到他了。这样就可以像突然看到认识的熟人似的坐拢去寒暄："呃，王洪德老师，你在这里喝茶呀。"来人随答："嗯，我在等一个同事呢。"去找的人说："你是不是找王大康老师，我刚才在街口面馆里还见着他哩。"来人说："那好，我正等他来商量个事，我去找他去，回头来喝茶。"这样就联系上了。这种特征是可以随便先约好到时照办就行了。但是去找的领导同志是否对这个并不认识的人只要见到报，见了他的特点，立刻就去和他联系上呢？不一定。为了万全之计，领导同志来了，可以在这里喝茶，但并不马上去和来人接头，一直让他在那喝茶，加以观察，一直等到接头时间已过，来人不得不离开茶馆回住地去，等明天再来接头了，这时领导同志尾随他走去，直到旅馆，证明并无特务和他悄悄接头，他回旅馆也未表现特异情况，旅馆也无特别可疑迹象，就证明来的人是真的，不会是特务掌握了接头暗号和联络记号，冒名顶替，企图来骗人抓人的，便可以放心接头了。这时领导同志或者找机会到他住的房间去见他，对上暗号，或者第二天再去茶馆对上暗号接关系。这样做虽然麻烦一些，但比较安全。不然敌人如果破坏了下级党组织，叛徒供出了对上级党组织的联络的暗号或记号，特务来上级党所在的地方如法炮制，和上级党接上了头，那就坏了大事了。有时就是认识的下级领导同志来了，上级领导同志也可先不亲自去见他和他接头，而另派一个下级不认识的同志去茶馆观察一下，证明没有问题，另一天领导同志再去和他对暗号接头。去观察的同志如果认为不错，也可以马上和他接上头，另约时间地点，通知领导同志再去和他见面谈话。这种去观察的同志往往是专门搞保卫工作的同志，有经验有胆量的。

以上是事先约好暗号而又互相认识的同志来了，或虽不认识，但事先约好暗号和特征的同志来了，这种倒好办。但如果改为不认识的同志来接头，暗号有，但领导同志不知道来人特征，不认识他，如何去找他？这样在报上登的就不能像上面说的那么简单，而要说明来人的特征。如登这样一个启事："寻人启事：兹于三月二日中午十二时许在方正街乐园饭馆吃饭时走失小孩一名，男，叫王洪德，穿蓝布长衫，白内衬衣，黑裤，浅圆口旧布鞋，左脸上贴有纱布一小块，蓄偏分头。有寻得者请于三日内送方正街王宅，备有厚酬。"一般人看不出来有什么讲究，但领导同志一见报上这一块广告，便知道以王洪德为暗号的某地区的同志三月二日到了，请于见报三日内正午十二时到方正街乐园饭馆去，找一个有所说特点的人接头，这样就可照前述办法亲自去，或派人去，或当时接头或第二日中午再去那里接头都可以。

第二种办法，利用公共地方的信插或无法投递信件待领的信插作为通信联络之处。在国民党统治区的一些人员比较多的大公共机关、大学校、工厂、公司、旅馆都有信插在门房，有些投递不到的信就放在那里候领。这可以利用来投递秘密信，上下级可以彼此完全不知道住地，却仍可以通信联络。比如某地区同志来成都，他寄一封信给四川大学王洪德收，但是四川大学实际上并没有这个王洪德，寄来的信上又无明确地址可退（注意约名字要约得不可能在那里真有一个用这个名字的人），于是这封信投递不到，就被放在门房或传达室的信插里候领。领导同志隔些日子可去那里看一看，或委托学校里的党组织，或责成他们中的某一同志专门收取这个王洪德的信，交给组织，每天去看，就可及时收到了。在一般的中小城市，既无报纸可以刊登小广告，或有报纸而广告栏小，登的广告不多，不宜利用登广告的方式，则可以利用旅店投信。来的人可以持信到那个约好的旅店去，要求把这封信放在信插里"面交"给王洪德，就说王洪德和他约好，到这里来要住在这个旅店的。现在人还没有到，所以留下一封信让他来取。旅店当然就会把这封信放在信插中候王洪德自己来取，领导同志可派人到旅店看信插，有这封信就自行取走，自称王洪德已住到另外的旅店去了。也可以径直向旅店的账房，问是否有王洪德的信，如有就可以把信取走，基督教青年会旅馆服务部，中国旅行社及一些招待所都可以利用来这么办。只是用这种办法时仍要注意：一是这种信的内容除有约好的接头名字和暗号外，只写一般的问好和约会话，绝不能写进可以引起政治上被注意的文字，因为信件都是要通过特务邮检所的。二是取信时最好先观察一下，无人注意才暗地取走，不露形迹最好。三是最好是一般同志去取（领导同志少去或不去），而且是那个机关、团体、学校的党员或进步分子最好。他取出信时如有认识的人问为什么取走别人的信，就可以编造一个理由，如说是同乡、同学有叫这名字的，帮助取去。要说得活动一点，预防敌特盘问。也要防止叛徒出卖后，敌特如法炮制想来扩大破坏线索的。四是这种报上登广告及利用信插的办法，不是每天需要去看报或经常在公共场所去看信，是事先已经约好大致来的时间，或先已通知大约来的时间了的。这样领导人只要在约好的时间的前后几天注意看广告和去取信就行了。不过我们过去是几乎天天要看看报上的小广告的，有空就派人去约过的地方看信的，害怕误事。

第三种办法，利用街头墙上的公共广告栏、招贴地方。某地同志来后既不登报，也不在公共场所留信，只在指定的较偏僻的公共广告栏墙壁上贴上约好的广告或招贴就行了。国民党统治区这种广告招贴也多得不可胜数，敌人是无法注意及此的。广告招贴内容要和一般贴的大体相似,而又在其中隐藏着通知的内容、暗号、时间、地点都能看出来。比如说扮成一个江湖医生,住进小客栈,去贴上"包医××病",旅栈名称和时间都有了,只要接上头后便离开那里了。假如真有这种病人来求医,只需胡乱说一些,给他一点无害的药就行了。还有的江湖看相的,打个"王地仙"名号,住到小栈房,也能混他十天八天,久了不行,怕有"地头蛇"来清问你的"善服",你没有与"地头蛇"拿好言语,是不能干这种行道的。

类似的办法还可以因地因时制宜地想出一些来,只要从实际出发,见机而做,就能找到更好的联络办法来。

(三) 各种接头办法

1. 城市基层支部的接头办法

本地本城市的党委(如市委及其以下党委)与各级特别是与基层单位党支部和党员的联系,由于工作需要,是十分频繁的。日常接头的办法就灵活得多,方便得多。通常党支部和下面党员以及党的外围组织(这种组织总是有的,形式也是多种多样的,有的与党更靠近一些,比如成都的"民协",昆明、北平的"民青",重庆的"新青"等,其成员都知道是受共产党的领导进行活动的。其中有许多是发展党员的培养对象,他们迫切要求入党,直接受党的领导。也还有比较低级一些的,其主要领导成员是党员或接受党领导的进步分子,在其中起骨干作用)的主要领导人员的联系,因为他们是在一个工厂、学校、社团、乡村进行活动的。彼此的名字、住址、职业当然都是知道的,直接发生联系就是了。不过为了安全起见,最好把党员分别划成若干支部,一个支部又划分为几个小组,支部之间,小组之间都是隔断了的。支委分工分头来领导这些小组,如无必要,不要叫支委委员、书记与小组党员之间、各党小组党员之间建立党的联系。支书知道各小组长,以下就不必详细了解。各委员只知道分工管的小组组长及其党员,不必过问其他小组是些什么人。各小组组长及党员知道领导他们的支委，不必过问支部书记及以上是谁在领导。总之构成若干条线的单线垂直联系，各条线互相隔开，比较安全一些。更上级以至市委书记可不可以和支部书记，甚至某个党员直接建立联系，见面了解情况，研究问题呢？如果工作需要是可以的，但不一定经常如此，且都是以化名见面，叫老张、老李就行了，也不必说明自己是哪一级党委派来，是何身份，只说是上级来的同志就行了。这种在一个工作或学习单位，互相认识，又有正式党的关系的党员，开会接头的问题，比较好解决，只要在哪个同志家里，或者一块儿到外面找个地方游玩，或者工余去坐茶馆等等都行，只要开会时不引起敌特分子的注意，不叫人怀疑就可以。这样在一个单位，如果发生敌特逮捕党员事件，彼此是容易知道消息的，应及时互通情报，并报告上级，及时作应变处理。被捕的党员知道的上级的党员，应立刻隐蔽，以至马上撤退等，看情况而定。

2. 上级同志找下级同志接头办法

上级同志找被领导的下级接头是经常的，只要约定时间到下级的工作单位、学习单位或者他的宿舍、他的家里去找他，或者约好定期在外面某个地方见面接头就行了。这里值得注意的是，如到他工作单位、学习单位、宿舍去找他时，应该先作调查了解，看这个同志出了什么事故没有。如出了事故，领导还未及知道，贸然去找他，很可能被敌特马上逮住。了解情况的办法除从党组织方面及时送上来的情况了解外，还可以暗地在其活动的环境中观察他出来活动的情况，有无异状。还可以从其活动环境的群众中听到什么消息。没有异状，当然可以去找他接。这一点过去一般是不大讲究的，往往一去就找他，这在政治环境比较平静的时期内，可以这么办。如在敌人正对我党组织发动进攻，白色恐怖趋于严重，特别是有的防线已被敌人突破的情况下，去找党员是不可不提高警惕的。和下面的同志见面之后，因为是在他学习、工作单位找他，他的同学、同事不可能不看到，必须和他约好二人之间是什么社会产系，以便问及时对答一致，如果初次去找他，别人明明看到你二人之间不认识，是什么关系更要说得好，以备查问。如是上级的临时约见初次去找他,或是其关系已转移给其他同志,开始去找他接头,都会发生初次见面的问题。因此,如必须去找他,又是第一次去找他,可以写一封介绍信,信中即有约好关系的暗号,但这种信的内容看来是很普通的,比如朋友托找职业,介绍学校或托带东西等等,即使错给了人(也有同名的偶然情况),也无关系,因对方不知道回答的联系暗号,证明不是本人,便也罢了。假如是在同志的家去找他,这在一般基层组织的党员是可以的(前面只对专门做秘密组织领导工作的职业革命家而言的,这些同志的家里一般是不宜作为接头开会的地方的),但是去找他的时候要注意安全问题,最好是约得有安全信号,有,就进去找,没有,就不要进去。这种安全信号的安置方法很多,在领导机关是一定要设置的。比如秘书机构、联络站、通信处、寄存机要的地方等,因可能有管这工作的领导同志或主要书记要到那里去,不设置安全信号,恐一旦有事,使领导机关的负责同志陷入险境。安全信号设置很简单,但要便于在紧急时间去掉而不为已进来的敌特发现,以免敌特把安全信号恢复起来,作为诱骗别的同志进来的办法(虽敌特不知道,但是叛徒往往是懂得这一点的)。安全信号的设置要来人从屋外一个相当远的距离,抬头就能看得见的东西,比如在窗口上挂上家用的普通物件,如平时挂上窗帘,紧急时把窗帘打开,或把糊窗的纸撕破,说明危险;如平时在窗口放上盆景,紧急时把特制式样的盆景移下或打破,使敌人明知是安全信号,但也不能再恢复了。当然最好在敌人已经突入院内,但还未进屋时,便暗地移去安全信号,敌人根本未发觉什么是安全信号为最好。甚至在敌人已经进屋,用枪对准自己时,也还可能把安全信号移去,如果敌人进屋在门口或门厅走道把同志捉住,来不及移动安全信号,则要同屋住的同志、家人及时移去安全信号。如果同住的同志约好回来时间,久久不归,甚至第二天也不见回,应立刻移去安全信号,同住的同志立刻转移并报告上级。安全信号也有是临紧急时放上一件什么东西,使未进来的同志望见就不再进来,即不安全信号。比如临时把擦地板的拖把挂在窗口上晾干,敌人未见你挂,不致引为奇怪。挂上容易引为奇怪的东西是不可以的。总之,领导同志时常进出的地方，是不可不注意设置安全信号的，领导同志进出那种地方，是不可不注意安全的。

3. 公共场所的接头办法

最普通的接头办法是利用公共场所，在稠人广众之中，人来人往较多的地方接头最好。比如茶馆、饭馆、戏院门口、澡堂、读报牌前、大百货商店、市场（旧货、蔬菜、食品等市场）、公园内、游泳池、游船、球场等处都是可以的，原来彼此认识的，只要按时到那里去，见上面就碰头接谈，或另找方便地方接谈就行了。但是也不这么简单，特别是在白区恐怖比较紧张时期，敌人向我组织进攻时期，要郑重其事。有两种情况在非常时期要估计到：一是相约的同志已经被敌特盯梢盯住了；二是相约的人已经出了毛病，叛变了党，出卖同志，和敌特一起来抓人来了。在这种情况下，接头就要严格注意，提高警惕，不要落入敌人的圈套中去。

下面介绍接头时应该注意的几个问题：

首先，约会的地方要灵活多变，比如成都茶馆很多，那是雅俗都可以去的地方，十分复杂，做生意的，赋闲无事的，流氓土匪，官僚地主，卖官买官的人都在那里活动，每天从早到晚熙熙攘攘，吵吵闹闹，只要花上几分钱泡上一杯茶就可以坐上半天，的确很方便。所以过去地下党很多约会都是约在茶馆里。但是茶馆虽是三教九流进出的地方，却也是敌特很注意并常去活动的地方。不仅有特务经常在各茶馆作侦察活动，而且开茶馆的老板和很多堂倌都和特务外围的"袍哥"组织有关系，他们也在留心观察，因此也不可麻痹大意。有几种表现容易引起注意，一种是神色紧张，坐在那里总是不安地东张西望，生怕有特务已经发现自己了，这种神色最不好，容易招惹敌人注意。曾有一个好同志便因此而被捕，后来牺牲了。一种是满不在乎，在茶馆里高谈阔论，旁若无人，结果被敌人偷听到可疑的谈话，进行盘查。一种是虽然既大方又谨慎，但是老是不停地在谈话，声音总不高，特别老是一个人在滔滔不绝地讲什么，另一二人老在专心一意地听，这也不好，容易引起注意。一般说来要"外松内紧"，外表上表现出来和其他喝茶的人一样，很随便，一时谈话，一时喝茶，声音不大不小，堂倌来续水或发现邻近有人在注意听时就大声地随拉乱谈，或谈生意经，谈吃喝，要使人看不出有什么特别之处来。但内心却不是大而化之的，要经常不叫人注意地看茶馆里有无特务模样的人物，看别的茶客有无对自己暗地留心的迹象，如有就毫不惊诧地采取适当措施，退出茶馆去（这种方法还将在盯梢脱梢一节中专门介绍）。

除开茶馆之外，带有"雅座"的餐馆（即有单独隔板的小房间）也可作接头之用，做简单的见面谈话，一同吃饭，然后再到别的地方继续谈话，不过这要多花一点钱。戏院门口经常很多人在那里买票排队或者已买好票在等人，或去休息室看报闲坐，这里也可作约会见面的地方。但不是可以长久坐下谈话的地方。澡堂也可以作接头之用，有一种双人座的雅座，泡上茶躺上闲谈一阵的地方。还有读报牌前，可以按时在那里站着读报，相约的人来了，也来读报，然后先后离开，在路上相会，另找地方谈话去。最方便谈话的地方莫过于公园了。那里比较宽阔，僻静的地方很多，可坐可躺，三两人，四五人都能在那里开会，带点吃的瓜子糖果之类，随吃随谈。但也不宜做得很神秘，找过于僻静的地方，一谈话就是几个小时，一来就是一个一个人的长篇大论地谈话，这样都容易引起怀疑。如有可划船的地方，租船坐三四人，划到远处，慢慢地划，细细谈，倒是很好的，两三个小时都可以。公园里的茶馆也可以利用。还有租书小铺有地方坐上看小人书，也可以作为约会之地。在一般书店，特别是旧书店，旧货市场和拍卖行可以东翻西看，也是等人的好地方。百货大楼、公司、商场的一定地区也是可以作接头用的地方。有时为了更安全，约到城市近郊的小集镇赶场去约会，可躲过特务的侦察，那里茶馆饭馆都有。所有以上这些地方都要灵活加以利用，不可固定用一种，更不可固定用一个地方，总之东西南北，一时这里，一时那里，不要形成了让敌人可以掌握的规律就好。

其次，凡到接头的地方去必须注意自己后边是不是长了"尾巴"（即被敌特盯梢了）。如果长了，必须保证把尾巴丢掉再去接头，并将这个情况马上告诉接头的同志共同研究原因，采取措施。到接头的地方去以后，在没有和约会人相见以前,应注意一下周围的环境,看是否对方被敌特或可疑的人看住了。我们过去在长期斗争中,养成一种嗅觉,对于周围的人中谁像特务模样的人,自己是否已被人在注意了,是一目了然的。特务的样子虽然没有定准,但总看得出几分来,他们的装束、神气,猎狗似的眼睛,对于我们特异而又加掩饰的注意,都是可以看出来的,到了接头的地方一定要先看一看,再去和对方接头。就是这样还感觉无把握时,就与对方打一个照面,随即离开那里,等约会的同志出来,待他走在前面,自己尾在后面相隔一定距离,加以观察,确定没有人盯梢,然后走上前去,和他像一个偶然相遇的朋友、同事等一样打招呼,一同向前走,另找地方接头谈话。这样做比较麻烦,但却比较安全。平时不一定这样办,在紧急时期却是应该不怕这种麻烦的。不过要注意,不要叫人看了出来,你和对方在公共地方明明对了面,像陌路人没有打招呼,忽然后来又打起招呼来,叫有心人引为奇怪,这也是不好的。

第三,约会的时间一般要准时到达,地点要求准确无误。准时、准地、准暗号叫作"接头三准",不可忘了。但是时间又不能约得太短,一般应约得长一点。如某日上午十点左右,那就包括了八九点钟到十二点钟,来的人应力求十点准到,但因交通条件,特别因为发生如"长尾巴"的事故,就会来得晚一些,也是常事,不要十点不来就放弃等待。地方也是一样,特别是公园等大地方,约会时要有大体的位置,如公园的待月桥边或望云亭上,但也因在那里等得太久,不大合适,因而临时在附近走动一下,也是必要的,不要一见约定的地方没有人就离去了,应在附近走一走看看是否在附近等候。因为地下党的关系很多是靠定期的碰头来维系的,碰不上头,往往就断了线,再接上线很不容易,有时因而使同志失去了党的关系。因此在约会时一般是三天同时同地都是有效的。头天去等不来,第二天、第三天再去等,一直三天不来就可以不再等了。这往往不是相约的同志忘记了时间地点(这种情况很少,地下党把约会当作十分重大的事来记住,不能马马虎虎,否则是要严格批评的),而是因为临时有急事,或不在本地,赶不回来,或者被敌人盯住了，不便来接头。一般说，如被盯住了，脱梢后就不应再去接头，以防未彻底脱梢，带了尾巴去，故有三天的活动余地是必要的。假如三天还是没有接上头，去等的人就要考虑是什么原因，同时按约好的预备通知办法进行通知了。这种预备的通知办法也是事先约好，备而不用。如下级将自己的一个通信处转知上级，上级将下级知道的原来认识的某党员某党组织作为临时找党的预备地方。或者还是按前述的利用报纸广告，公共招贴地方，公共单位留信的办法来重新接上关系。当然凡是使用了再接头的办法的，都要重新再约再接头办法，并且相见时一定要弄清楚为什么不能照规定前来约会的道理。在十分紧急的时候，为了防止对方不来是因为被敌特监视了或者已被逮捕叛变，供出接头人和时间地点暗号了，在再接头时应取慎重态度，更要在其周围环境进行考察。必要时最好找其他不相识的同志去看一看这个人，观察他而不和他接头，等他在那里等一次，他起身走了，尾着他走，注意他是否和旁的什么可疑人物在说什么，或者偷偷地到了敌特的秘密机关里去了。因为敌人总是不放心让叛徒单独做破坏活动的，总要派特务跟着，遥遥控制。同时他们急切地想一接头就动手抓的。叛徒在接头地点等不到人，便会被特务盘问或带回特务机关去的，这样就可以发现叛徒了。如果一见通知就贸然去接，若遇上叛徒，就会落入敌人陷阱，这种估计是必要的。

第四，接头人双方，外表看来的身份要大概相称，不要隔行隔得太远，叫人看了奇怪，必要时要做适当的改装（化装问题，后面介绍），在相见时特别在稠人之中（如茶馆茶桌上）谈的话要和身份相称才好。如两人都是教员模样，在别人从身边过或堂倌来续水时，谈话不可突然中断，而是立刻改口谈与教员身份相称的"行话"，听起来十分自然合适。谈话时不要一个人长篇大论，不要随便在纸上记录什么文字，不要边谈边东张西望地看人，不要害怕，泰然自若，但必须随时注意周围的人，或利用中间去小便，去买香烟、花生、瓜子、报纸等，站起来离开一下，立刻争取时间和放大角度，观察周围，看有无异状。

第五，在接头时，要预防敌特的突然袭击，实行突击检查。国民党特务，在无法破坏我们时，只知道我们在一些公共场所活动，但又无法查到我们，他们除开常常实行"查户口"，在交通要道（车站、码头、飞机场）严格检查旅客，在旅馆、行栈每日"查号"外，还实行对于一些公共场所的突然戒严搜查。不准人走动，进行突击盘问，扣捕一切他们认为可疑的人，甚至在严重时，发展到在重要街口实行突然包围，切断交通，全面进行检查行人身份证的事。这并不表示他们的厉害，这正表示他们的无能，出此种碰碰运气的下策。我们在这种严峻环境中活动，必须不惊诧，要警惕。特别当党内已经出现了叛徒，而这个叛徒又是党内负过一定责任的，对于地下党活动老有经验，知道地下党活动的规律，这种坏蛋和特务一起来突然袭击，就更要引起严重注意。我们就曾经遇到过这样的事。在出了这种叛徒，开始发现敌人和叛徒在一些平时地下党利用来接头较多的茶馆，进行突击检查时，应立刻广泛通知，以后不准在这种公共场所接头相会，立刻改变活动方式。同时注意身上不得携带任何可疑秘密文件、证物、书刊（包括进步书刊在内），每个人身上还要带好充分的身份证明，包括身份证等。敌特出动的人虽多，但真正精干的不多，一时要检查那么多的人，查问身份，查看身份证，甚至搜查身上和所带东西，显然是不可能很仔细，只要准备好合格的证件，能沉着地回答问话，是容易过关，不会有什么问题的。你在这种场合一定要相信，假如自己是敌人早已注意的对象，他们早已采取别的办法来专门对付你了。现在这样撒大网，证明敌人根本没有任何线索，因此大可不必紧张，甚至表现惊惶。在这种场合表现惊惶就无异于自己向敌人告密了。通过敌人设在交通要道的检查站时，要持同样镇定态度，即使自己的证件是伪造的（使用证件最好用掩护职业的过得硬的真证件最好，只有在不得已的情况下，才使用假造的证件），或者敌人采取冒诈式的盘问，也不紧不慢地回答，处之泰然，自然就无事。当然，这种检查站能不经过时，最好不经过，或只经过其次要的检查站，或者想办法绕过检查站。特别在已经知道敌人正在有意搜捕自己的时候，更要注意。

第六，在接头相会时，有一种情况要预防，就是敌特虽然没有可靠线索，但临时对自己和接头同志产生怀疑了（这多是由于自己不慎而引起怀疑的），突然来进行盘查。这要很好地对付。接头的纪律是不能在身上携带任何秘密文件、书刊、暗号等（必须送交的秘密文件书刊的在外），不过应该用特别巧妙的办法递交而且交后马上分手，并作安全处理。在公共场所递交秘密文件刊物，一定要注意技术。比如两人都装着不认识，甲提着伪装好了的文件袋在公园长凳上坐在乙的身边，把文件袋在不被人注意的条件下，放在两人之间，坐了一会儿后，甲起身走了，乙则像提起自己的袋子一样，提起递来的东西，从容走开，这样就在不知不觉中交接到了。这种移交文件的巧妙方法是很多的，能找到合适地方，当面递交也是可以的。但是在特别情况下，还是讲究技术的好。比如在电影院的黑暗中，两人坐在一起，直接交接，谁也看不出来。在公厕中无人时也有这样的机会。在饭馆一同吃饭，把提包放在桌子或挂在墙上，吃过饭后即交换取走就行了。还有一种方法是到火车站的存物处，把提包存放在那里，把提单交给对方，对方再去取出提包亦行。总之这种方法是很多的，很容易的。

正在接头的时候，如果突然被敌人怀疑盘查，双方各人都有可靠身份证明是不用害怕的。但是接头的双方不一定是认识的，即使认识，但已化了名，不知其掩护职业是什么，因此应在敌人面前用一种巧妙的说法，叫接头的对方立刻知道自己的名字和工作单位，以免露出破绽来。在这种场合下，上级尤应主动及时设法让对方知道自己的姓名、身份、职业，以便下级回答盘问。比如把自己的身份证摸出来打开，故意让下级看到，并口头对敌特检查人说出自己的姓名和职业来。敌人再问下级，他就不会回答错了。只要证件齐全，双方都能回答出对方的姓名职业，敌人是无法为难的。经过这样的突击检查走脱以后，应马上总结被盘查的原因何在。同时因为下级因此已知道上级的掩护职业和姓名了，上级同志也要作适当的处理。或改换职业姓名，或将下级调开，不再与这个上级接头见面。假如所使用的证件是假的，而且通过了检查，那当然就不要紧了。总之，突击检查碰上的机会并不多，只要双方谨慎行事，不叫敌特产生怀疑，是不会发生这种不利的遭遇的。

第七，接头办完事情要分手了，要把下次的碰头时间地点约好，记牢。并且把二天未见面接不上头的情况下再接头的办法交代清楚，或仍按原约的办，或重约过才能分手。分手时可以同时出来在街上分手，可以分头先后离开。无论谁离开后都要走一段路，一方面使对方不了解自己的来处，更重要的是经过一段路程，可以检验自己是否被人盯梢了。如发现被盯梢就要设法脱梢（方法后面介绍），并尽快使对方也注意到他也长了"尾巴"了。要确切认定无人盯梢了，才能去办别的事，或回到自己的住地。

第八，在特别紧急的情况下接头，应引起特别的注意，这时不知道对方是否已经被捕叛变，是否带敌人趁接头之机捉人来了。为了安全，一种做法是头一天不去接头，到场加以暗地观察，证明无问题了再去接头，或第二天再去接头。另一种最好的做法是另派一个不认识的同志去做近距离的观察，再决定接头与否。也还有一种突然验证的做法，比如在茶馆约会，相见后突然叫接头对方离开茶馆，要他先走出茶馆，在街上慢走等着，自己再起身跟去，看有无敌特也跟了他出去。如发现已有可疑的人盯住对方和自己，应立即设法脱梢。这种脱梢较危险，特别是在接头对方已是叛徒的情况下，脱逃更难。这时要临危不惧，设法麻痹叛徒和敌人，使他们感觉你尚未发觉对方是叛徒，因而可以放长线钓大鱼，而不必马上把你加以逮捕。这时就有机会来逃脱敌人了。你可以在街上机智和勇敢地设法脱梢。这种从敌人罗网中脱逃出来，是很不简单的事，但只要沉着机敏行事，我们是曾经成功逃脱过的。

在紧急情况下，如果已经听说接头对方可能被捕，更不要轻易去接头。但也可以用一种办法加以验证真伪，其办法是故意设法通知他约会，如他已叛变，敌人知道一定喜出望外，布置捉人。然后自己却不到现场，或在远处暗地观察。最好办法还是另派认识叛徒的同志到场就远处暗地观察。或者派不认识叛徒的同志经过暗示指认后，他去接头处就近观察，并实行反盯梢，以证实他是否真的被捕叛变了。如果证明他确是被捕叛变，是想通过约会让敌人捉人的，就要设法处置这个可耻的叛徒。比如在敌特不监视他时，或让他自由活动时，做保卫工作的同志突然用接头的暗号去找他，装着不知道他已叛变，说党的领导同志要约见他，叫他立刻一同去。他临时无法通知敌特一块儿去捉人，又不肯放弃他干坏事立功的这个大好机会，他以为我们并不知道他叛变了，所以才来通知他去见党的领导同志的，他满以为可以去看看情况，再和敌特联系。这样我们做保卫工作的同志就可以把他骗引到僻静处所或者野外，突然以武力对之，进行突击审判。有的加以警告，不准再干坏事，有的则当场加以处决。如何能够突然引诱他出来，是一个很机巧的事，要谨慎而行。当心敌人故设陷阱，以之钓鱼。发现叛徒，除应作紧急措施，疏散他认识的同志外，还要设法警告叛徒，不要再干坏事。同时也可使敌人明白，我们已查出他是叛徒了，已经无法利用这个叛徒了。

第九，不认识时的接头方法。与不认识的同志接头，做到准确不误，是要经过一番技术的措置的。比如甲同志把丙同志关系移交给乙同志去领导，而甲与乙又不宜见面认识，下级来同志找上级领导就有这种情况。接头的双方是彼此不认识的，这就要采取不认识的接头方法。这种方法除接头暗号相合外，还要来人有一定的外表特征，和去接头的同志拿着"信物"去接，表征和"信物"都相合，才能接上。"信物"可以是来的同志的东西，去接头的同志拿出来，来人容易认识，因为本来是他自己的东西，与上级约暗号时留给上级作为"信物"的。来接头的同志也应有让上级一见了然的外表特征，以便在稠人广众之中，让上级容易找到自己。这种特征有的是在移交关系时约好的，这只要照约好的时间、地点、暗号和外貌打扮、特征去接头就可以了。有的则是来人来了以后，用在报纸登广告中或招贴栏的寻人启事中，或留信中加以描绘了的。这在前面已经讲过了。只是接头双方本来不认识，不宜打招呼，对暗号以后，仍然老坐在那里密谈，这样容易引人注目，最好是去接头的同志打了招呼，接了头以后，即可离去。来的同志即起立尾跟出去，到街上或僻静的地方再谈话。还有，来接头的同志坐的地方不要太显眼，但也不要太偏僻。

第十，如果遇到以下的情况怎么办？下级组织发生破坏事故，有人已经向敌特交代与上级接头办法，于是特务可利用上下级不认识，装扮成下级来人，带着暗号特征，来找上级接头，企图扩大破坏，这是十分危险的。一般说来，下级出现叛徒后，总有下级党组织紧急通知上级的。如已经知道是叛徒亲自来接头，或特务伪装来接头，当然可以不再去接。但也可将计就计，剪除叛徒特务，即大胆和来人接头，弄清敌情，敌人以为我们并未发现来的人是假党员真特务，以为可以借此打入共产党内进行更大的破坏，因而暂时不动手抓我们。我们就可以利用起来，见面时故意说些使敌人认为很有"油水"可以扩大破坏的话，使他们放长线钓大鱼。我们也可以与这个假党员真特务再约相见的时间地方，在那里以武力相见，突然袭击，加以秘密扣捕，进行审判，就地处决，或要他供出内情来。这就完全靠斗智了，没有很大把握，不可冒险行事。

三、 通信联络的办法

党组织上下级之间总是要保持经常通信联系的。这种通信联系当然不可约得太密，信件收到看后也应马上毁掉，不要保留。信件的制作一定要经过技术处理，不要被人一看就看出是秘密信件，这是常识，却要注意。但是如何组织并保持好通信联系，却有一些技术问题值得经常研究，这里面是大有文章的。

（一）通信处的设立

通信处有确实地址的和无确实地址的两种。有确实地址的就是上下级党组织有明确的党内通信处和可靠的收信人。一般就是用上下级间的交通联络处的外表职业负责人,作为收信人。他收到这种有特别记号或特殊的信以后,不能打开,应迅速交给联络站的负责人(有时就是他自己),转给党委管机关秘书工作的领导同志,这样最简捷方便,像交通站来往人很方便找人一样。但是这种做法也有缺点,即上级或下级都会知道这个交通联络站的党员,如果谁被捕叛变了,不仅交通联络站将遭受破坏,还很容易上下牵连,波及上级或下级的党组织领导机关。因此在实践中又改进为无明确地址的党内通信处,就是上下级可以建立可靠的通信联系,却互不告诉党组织的明确地址。一般是上级对下级更多使用这种做法,而下级对上级一般是以有明确党内地址的。因为下级领导人员中,上级总是有认识并知道其地址职业和找他的办法或联络暗号的。所以过去往往是上级领导机构遭受破坏后,下级党组织受到牵连,随之而被破坏。本来一般破坏事故多发生在基层,不易波及上级,这种破坏事故不可怕,漏洞也很容易堵塞。最严重的是上级领导机构的领导人员工作不慎,遭到逮捕,而在被捕后又发生叛变出卖组织的事,造成严重事故,使一地区组织因之遭到惨重的以至毁灭性的打击。这是因为下级党组织及党员是无法对上级党组织及领导人完全保密的,如那样就不便领导和进行工作了。所以党在选择上级领导机构的负责人时,要特别注意考查其政治品质,对革命的坚定性。同时在通信联络办法上,也应做一些技术性的改善,使破坏事故发生后,仍不易牵连。这就是用无明确地址的通信处的办法。下面作几种办法的介绍,可以参考。

1.寄到某一旅店栈房、招待所、旅行社留交(信上注明"留交")。因为旅客通常可以预约到那里住进那个旅店去的规矩,因此信留交也是平常的事。旅店收到这种信或放在招领信插里,或放在账房。我们定期派人去看信插,也可以去问账房,有无留交某人的信件,说明此人预定要来住的,现因事住到别处,故来取信,这样就收到了。

2.寄到较大学校、公共机关、社团,以至某街某号,但是那里实际上没有这个收信人,又无明确的退信地址,一般就放在候领信插中,由人自由取出。这样可以派人常常去看,有信就取出来。有时也有投递不到,又无可退的地方，就放在所辖区的邮局待领信柜里，也可以去邮局一看就可看到，和邮局交涉取出来，便收到了。

3. 假如某同志家有出租屋子，许多人家住在一个院子里，有的人家已经搬家了，就可以利用这个已搬家的人的名字作为通信处之用，写到这个人家这个人收。信来以后因为这家人已经搬走，主人把信留下，表面上说是代收信件，准备搬走的人回来取或者送走，这是合情合理的事。我们的同志收到这信后便可以马上转给组织，即使下面发生破坏事故，特务追到这里来也不要紧，以收件人已经搬家，不知去向为托词，就对付过去了。

4. 在邮政局租用信箱，也是一个办法，按期到那里开箱取信就是。但也有缺点，如有事故，敌人知道这个线索，他会去守候，捉拿开箱的人。假如邮局有自己同志就好办，以别人的名字租箱，实际上在无特务监视时或不办公时，去开箱取走信件，以后就再也不用了。

5. 托上层统战关系转信也是一个办法。平时无事，党内和这种民主人士联系的人过一些时候去他那里取信就行了。就是有事了，敌特追查到那里，民主人士可以支吾说是自己子女的朋友，有时来玩，或是自己的朋友的晚辈，有时来看看的。不知在哪里住或随便说一个单位，让他去查无下落。敌人对这种有社会地位的人士是不敢无确凿证据随便惊动的。

6. 托群众代转信件。这个群众的确是一个普通的灰色的群众，和党员有普通的社会关系，转几次信是没有问题的，敌人对这种不参与政治活动的人也是不敢随便抓的。

所有这些收到的信件，管秘密工作的领导同志收到以后都要仔细地拆阅。要注意两种情况，一是下级来信中有密写或另有密报，这信不过是主件的"引子信"或"钥匙信"，要注意收取和找出密写来的主件并翻译出来。二是查看信件是否有人偷看过了。一般用的长条中式信封，一头封口，信笺放入后封以糨糊，偷看信件的人，主要是敌特的邮政检查人员，拆信查看，怕把信封弄坏，一般不从糨糊的这一头打开，而多从另一头打开，那一头因在成批生产中只在口上糊一小条糨糊，很容易拆开来。他抽出信笺来看，看后一般又从这里放进去。这样往往放倒了，因此收到信后注意看封口封线和信纸装入的方向是否倒了，就可见是否有人偷看过。还有一点，去邮局、学校、工厂、旅店取这种信件时，要注意有无人在窃看监守，要预防盘查，想好对付盘查的问话。

（二）信件、文件、书刊的伪装及寄递

党内信件是传达党内秘密的，不能在信中明白写出来，必须加以伪装。即使敌人检查到，也无法猜出其中说的什么秘密，从文字表面上只能见到是一种普通商业、社交往来的信件。因此伪装、改作信件是必不可少的，也是非常麻烦而带有复杂的技术性的事情，一封不长的信往往要工作几天才能伪装好。

首先说信封。信封是敌特邮检人员首先看到的，在信封上注意伪装，可以避免检查。比如敌人较高级的或他们认为最可靠的机关、团体、学校的信就检查得少一些。因此收集敌伪机关、团体、报纸杂志的通用信封、信笺，是很要紧的。这可以从在敌人党政机关工作的同志和统战上层人士那里搞到一些。敌人的省党部、省政府、军校、干训团、中央日报、中央通讯社以及中央周刊之类的通用信笺信封，还有他们认为无可置疑的封建社团组织、大公司、商号、交通机构、企业单位的信封信笺也可收集。实在无人在那里可以收集，而我们投递又需要时，只要能找到样子，就可以仿造。有小印刷所仿造最容易，否则用手工在木板上刻字也可以。这对混过敌邮政检查人员是有效的。使用这种信封信笺时，注意字体要写得好一些，他们的科员、录事都能写一手好字。特别是信的内容要和这种单位的业务大体切合。许多单位都是使用文言文，毛笔字，直行写，也要照办。用有明确发信地址的信封，最好寄明确的收信地址，不要变成投递不到的候取信件，或者因收件单位因无人收取，叫邮局照发信地址退回去了。

其次，说信的内容。信的内容自然是为了表达我们工作的内容的，但是要做到从字面上看，完全看不出来。用的什么信纸信封就按那个行业的人说

话的口气，连文体也要合适，用字选句要很好琢磨才行。平时上下级往来，口头约通信关系时，应该约一些切用的隐语，夹入信中写，彼此一看就明白是什么。第三人只从字面上了解则看不出来。但是约的隐语是什么也不定够用，因为要照顾不同的职业、身份和口气，用语就更加受到限制。因此有一些用的隐语，虽然事先没有约好，但收件人大体上可以猜得出来的也可以用。比如通知对方目前政治形势比较紧张，敌人有向地下党发动进攻的迹象，或甚至已经出现破坏事故，要对方注意时，可用亲属口气写家信，说"家中目前经济困难，要紧缩收支。或说大哥（二哥、三弟、四妹，各有所指）感染时疾，一直未好，更觉困难，务望我弟善自保重……"意思就是说："这里目前政治形势紧张，工作不得不收缩一点，因为这里党委有的同志已为敌人注意，更形紧张。你们那里一定要注意活动的谨慎，不可使组织受到意外的破坏。"还可说"某人因病亡故"，说的就是"被捕叛变"。如说"重病入院"就是说"为敌逮捕"。如说"感染时疾"，就是"敌特追踪"。如说"时令不好"就是"局势恶化"。这些通常用的隐语都是容易猜着的，如果加上约过的隐语，更易谈明白。假如是用商业信件格式，同样的内容就用不同的语句，如说："我总号目前因经营不善，收支短缺，某某分公司已出现亏损，虽正在弥补，总有损失。你处行情如何，出手务要打紧……"就是说"这里目前局势紧张，工作遭到一些困难，某地组织发生破坏事故，正在抢救中。你们那里务要留心，抓紧一点"的意思。用商业用语同样有一套习惯的隐语，一目了然。这种信件是组织对组织的，不管上款收件人是什么人，下款寄信人一定要用约好的通信名字，或其中的一二字（因是至亲、好友、同伙，通常习惯不要落全名，用一二字即可）。

这种信件最通常用的是 1. 亲属间的家信口气，话多一些，谈得随便一些。2. 工商企业行号之间的业务往来口气，谈生意买卖，要多少懂得那一行的一般行情和行话。3. 公务人员从各种敌伪机关、团体、学校向朋友发出的社交往来信的口气，多是生活情况，就业失业，官场升沉，拉关系的口气。4. 还有用夫妻或爱人间的口气的。据有的参加敌伪邮检的同志说，邮检人员本应对这种毫无政治气味的"桃色信封"一看就放过去的,不用检查,但是却有这种专喜偷看爱情信的浑蛋,偏偏爱偷看我们认为敌人不会抽看的伪装爱情信,并加以扣留,这却是出人意料的事。

用这种公开的社会行业,亲属朋友间往来信件来表达我们党内的事情,本是经得起敌人的严酷的邮检的,但是这种信息是有很大的局限性,许多话说不明白,而且在制作这种信件时要两种完全不同的内容同时存在,形式与内容分家,是很费事的。因此不得不求助于密写密码,特别需要传达的党的中央文件或上级指示,要全文照转,就非用密写密码改装传递不可。

再次,说到文件指示、党内书刊、印刷品的传递问题,一般说来,党中央及上级重要文件,是要全文照转的。如果能有领导同志亲自下去口头传达当然好,他把文件及指示背熟了,到了那里,写成文字,交下级反复阅读并背熟,继续下传,或在本地区以印件下传。最好不要用书信邮寄文件,因为保密文件不能落入敌人手中,造成失密。但是还有大量的党内一般的书刊,公开宣言,发言人谈话,新华社评论,战报统计数字,党报(如《解放日报》《新华日报》及《群众》杂志等),有的印成小册子,有的印成传单,有的是原发传单,这些主要的宣传品尽可能原件传递下去。不能时,有的必须传下去的就用密写办法传下去。下级收到翻译出来,或就地印出来发出去。有的印出来加以伪装寄递下去,或就地散发出去,有的则用原报、原刊加以伪装改制后,寄递下去。无论党员或群众,以至民主人士、统战关系人物,都是非常想看到我党和解放区的真实情况的,都想知道我党的政治态度、政策条文的,这实在是"精神原子弹",散发出去作用极大。一定要千方百计散发出去。

伪装的办法很多,根据具体情况,灵活处理。通常的做法是卷成邮递报纸刊物的邮卷,用反动书刊包裹起来,上面发件单位也是敌人的各种书报发行单位。要做得很相似,敌人检查时一见是反动书刊的外表和露出来的部分也可以看出是反动报刊,就容易混过去,因为偷偷打开检查是比较麻烦的,复原很不好办。伪装时要做得和他们通常发行的样子一个样。还有一种更不易为敌人识破的办法,买来敌人的书刊或一些黄色书刊,仔细拆散开来,把我们与其大小、纸色相同的书刊中紧要的文章抽下来，插入这种反动书刊或黄色书刊中，题目也用敌刊敌书的题目，然后照原样订好，又加以外表伪装，寄递出去。敌人检查一见外表，比较容易通过。如敌邮检特务一定要拆开来检查，他看仍是反动书刊或黄色书刊，随便翻一翻，也是他们的反动言论文章，不一定刚好翻到我们夹入的那一篇，即使翻到看题目也是他们的，他不一定细看文章内容，就让通过去了。这种把红色书刊夹入白色书刊中，不特寄递时可以通过检查，就是收到后在同志间传递阅读，有这一层伪装，也较方便。有的就是用敌人书刊封面装在我们红色书刊的外面，也是便于阅读和携带传递的。条件是纸张、大小、排印格式都要一样。这很好办，有的本来就是同一种开本和同样的纸张印刷出版的。有的传单用蝇头小字以铅笔抄写在薄纸上，然后糊在古书夹层书页背后，照原样折叠起来装订好寄发出去，敌人检查见是古书，翻开又找不到夹带的东西，就放过去了。收到后拆开古书书页，抄下原文来。这种做法在旧式账册的夹页里也是可以用铅笔轻轻抄上文件，然后带走或寄走的。过去我党的《新华日报》及《群众》杂志在敌区发行时，他们经常与各地约好，把改印的文章改装成反动刊物的包皮、封皮纸寄去，也能收到。过去我们有一种很方便的收到党报党刊及进步书籍的办法，就是通过在邮政局工作的党员同志偷取邮件，把我们需要的书刊，不等检查便抽出来拿走，那里的同志也可以从敌人邮检的邮件中把党报党刊及进步书籍设法偷一些出来，送交给组织。

所有以上千方百计伪装传递党的文件、刊物的办法，的确是很费事的。我们花了许多人力，冒了许多风险来做这种工作，并且曾有许多好同志因印刷秘密文件、刊物、传单而英勇牺牲了。

（三）密写密码使用办法

1. 明信等密语。前面已经说过的通过亲属家信、朋友交际信、商业业务信来传达密信，收信人从明信的暗语中理解简单的意思。这里说的明信密语则是在一般商业交际或亲属来往中的信件,在事先约好了一定格式的信笺上一定序数位置上的字就是密语,这些密语字编入了明信字句里去。既非密写,也非暗语,敌人无论怎样检查、猜测、用药水冲洗,都无法知道密语在哪里。

2. 药水密写。用各种不同的无色化学药水写密信,收到后用特定的化学药水冲洗就现出来了,这是最通常的办法。最简单的莫过于用米汤写,碘酒冲洗这种方法。但也最容易被识破。有些用特定的药水写密语,隐没后要用特定的药水冲洗才能显现出来,检查的人不知这种药水,胡乱用别的药水冲洗试验,是显现不出来的。这种办法有时也还通得过,特别是敌人对于检扣的这封信只是一般地怀疑的时候。还有用特殊药水写上去的,药水冲洗现不出来,在火上一烤就能现出,不烤时又隐没了,可以出敌不意。但是总的来说,用化学药水作为密写的办法,不是一个安全可靠的办法,因为敌人基本上都懂得什么药水可以破什么药水写的密写。即使自己有了新的试验和发现,也很难保证敌人不能认出来。所以我们在工作实践中证明这并不好,几乎再没有用这种敌人熟知的办法了。当然在敌人并不怀疑的情况下,还是可以用的,敌人不可能把所有的信件都拆开来,用各种复杂药水对每一封信每一页信纸都试验,这是办不到的,可以偶尔用作并非绝密的一般文件(如宣言、声明、评论文章之类)的传递办法。还有一种办法,在敌人不易察觉的地方写,敌人不会用药水试验那里,因而偷过去了。比如信纸敌人易试验,密写却写在中式信封纸的夹层中,敌人如不把信封拆开,很谨慎地把信封用水泡湿,把裱糊的纸一张一张揭起来,就无法在信封的外层或里层的表面试验得出来,这在制作前应自己试验,直到从信封外皮或信封里层都现不出来为止。还有把密写写在大张邮票的背后(先将邮票背面的胶水洗尽,写上密写),然后贴在信封上,敌人是不会注意这邮票背后有文章的。收到后用水泡信封,轻轻揭下邮票,在邮票反面用药水擦洗,就显现密语来了。又比如把密写写在一本反动书籍或杂志的装订骑缝中,然后照原样装订好,收到的人拆开后,在装订骑缝上用药水擦洗就现出密写来了。又比如在敌伪的报纸上的中缝、边上,敌人不注意的地方写上密写,收到后加以冲洗,敌人是不可能把每天成千上万张寄递的反动报纸都加以特别检查的。这样的神出鬼没的办法多得很，只要肯动脑筋，因时因地制宜，总有办法传递密写的。

3. 利用敌人的反动报刊传递密写还有一个办法，就是把敌人出版报纸上的字，按其原排版次序，找出合于我们表达意思的字来，做出不显眼的记号，寄发出去，收件人收到后，把那些做了记号的字联好抄下来，便成为一封密信了。一张大报纸有几万字，从几万字中找出几十几百个字来利用是办得到的。一本杂志当然就更多了。只要注意，做的记号收件人事先懂得，能看得出来，而不懂得窍门的特务无法看出这种不显眼的记号。我们曾用过油渍点子，把要用的那一些字，轻轻浸了很小一点清油，在别的无用的地方浸上一片清油，表面看来好像是包糖果染上的，这样来携带密写，检查特务毫不留意。只是要防止油浸过多，又浸到别的字上，或者折叠在一起把其他字也浸上了，以致收到信后无法抄出。还有一种办法也可以，用针在特定字的特定部位凿上一个小孔，不对着光是看不出来的。就是当光看，也以为不过是阅读报纸时拆出的破孔，不以为意。收到后当光对着把特定部位凿有小孔的字都抄下来便是密写信传到了。这种办法还不限于敌人报纸杂志，就是在携带时带的糖果纸上的英文字母可以拼作拉丁化拼音文字，以传简单的密语，也是可能的。只要充分发挥主观能动性和创造性，办法自然就会多起来。

要注意一点，即使用了最高明的密写办法，凡属绝密的人名、地址、日期应按事先约好的代号加以代替，比如把主要同志排成号码，或者化名（通常习惯把书记叫大哥，副书记叫二哥，或把书记叫爸爸，副书记叫妈妈，各地组织编为第几兄弟），时间则可推迟多少天推算，地址门牌号码则可加几号或减几号推算。有的紧要事情，如逮捕、叛变等也可改为代替名词，敌人即使把密写侦破了，仍然无法从中知道什么重大机密。

4. 密码的编制和使用。自己没有电台密码当然无法使用，但是密码信则是可以寄递或携带的。通常的密码编制是双方有一本相同的密码本子，发方照此把原来的字改为密码，收方按密码翻译出来，这种办法当然很简捷，但是只适用于拥有电台而我能完全控制的地方或地区。地下党一般无电台是不好使用的，而且保存密电码本本身就是一个很危险的证据，一旦被敌人搜到就无话可说了。所以地下党用密码信，都不用这种笨东西。比较巧妙的编制密码的方法多得很，随便选用一种就行了。现在随便举几个例子，可见一斑。

(1) 加减法。密码最普通的编法是把电码字加几或者减几，或递加几，递减几，或这一次加几减几，第二次改为加几减几，经常变化，尽力不被敌人识破。但是当时敌人就设有强大的专门收听破译密码电报的机构，一般的加减法是容易识破的（只是破译时间可能过长，电报破译出来，已失去时效了）。后来我们为了安全，一般不用这种办法了。

(2) 错码法。把数字按双方约好的错码来翻明码本上的号码。还可以随意乱错，敌人如不知"键码"，就难以译出。其他还有更为复杂难以破译的三角密码、圆盘密码等等。花样很多，有的破译率只有几百万分之一或几千万分之一，应该说是比较安全的。但是这种用数字的办法，终究是可以破译的，不是绝对安全。我们过去却发挥创造性，标新立异，脱离敌人编制密码的窠臼，自创一些编码办法，使敌人无法破译。

(3) 自制密码法。我们不用我国通用的汉文明码本为基础把各个字的字码翻成密码，而用拼音字母作基础编码，即先将汉文翻成拉丁化拼音字母，再把拼音字母加以密码化。敌人是不懂拉丁化新文字的，译出一些乱七八糟的英文字母，他是翻不出汉字来的。过去我们干脆把文件拉丁化，写在中学生英文练习本上，夹在学生的英文练习题里，直接带去就是。敌人检查，一看是一般英文练习本，这种英文练习本在当时是非常普遍的，并不会引起敌人特别注意，输送密件很容易。我们有些需要当作绝密进行处理的人名、地址、接头暗号有时也用制成的密码，抄入英文练习簿，再送到保管地方保存起来，除本人外，什么人也无法猜测得出来的。

(4) 另一种编密码的办法是不用通用汉字电码本，而用通用英汉字典，或者通用汉语小字典来编密码。办法是将文件上的字从字典上抄出，记下其页数和字的次序数，把二者加起来形成一个数目字，不足的以0补充，就成了密码。收到的同志只要把这种数码照原来约好的字典一查就翻译出来了，十分简便。

（5）密件的运送一般是由交通员担任的，上下级来了人也可以自己带走。大抵属于绝密的人名、地址、暗号和有关全局的统计数字，都是交给领导同志，要求他们背熟记住，不留任何文字的证据，这样最可靠。如因为太多（比如长久没有到上级那里去，要转出去的党员关系太多，有姓名、住址、暗号和找人接头的办法），去的同志主要是记本地工作情况的汇报材料，记名字记不清楚那么多，也可以带密写的东西，只是事先要亲自作密写和密码，并且伪装好，即使被检查到也有办法支吾过去。

一般的密件，工作报告、内部资料则交由交通员带去，上级的交通员一般以从对口的地区调来的为好，因为他了解那个地区情况，领导同志原来就认识他，工作起来方便一些。下级也有交通员，他和上级交通员原来就认识能接触为好。他除开和交通联络站的负责同志发生关系外，还和上级的管机关领导的同志接触，有的也只和上级管机关的同志联系。只负责对下，不管对上，从而和交通联络站隔离开。交通员因和上下级领导同志都有关系，又因携带违禁品，恐怕出事，所以一定要选择能吃苦耐劳，对党忠诚，不怕困难，不怕牺牲的同志，且要勇敢机智，有一定随机应变的能力，并要有一定的工作领导水平，可以口头传达上级的指示，也可以带回下级的工作情况和问题。有的交通员经过锻炼就可以做巡视员，可以代替上级去巡视和检查工作。一般的交通员，主要是运交文件，当然也可以口头带一点传达的东西，他也可以带密写的东西，也可以运送伪装了的内部书刊。带密写密码时，他无须知道上下级已约过的密写密码键。那些密写密码的内容是他不应了解的机密，他只负责把做好的密写密码带到就行了。交通员用什么样外表的最好，这不一定，有的用做生意作为掩护，有的以公务员身份扮出差旅行，有的装成教员或学生，有的人善于应变，"扯把子"，有江湖气，敌人因而不大留难；有的人则是很老实本分人的样子，敌人也不注意，有时用老人、妇女以至小交通员，也比较不受注意和检查。

做交通员的人在运送文件时，既要时时想到完成自己的任务问题，又要经常有自我安全感，毫无一点畏惧和紧张的外表，内心却经常要留心敌特对自己有无注意或怀疑，要随机应变。交通员一定要有和他的外表职业相称的证明文件，经受得起查问。对于所带东西如果引起怀疑盘问，要随时准备受盘查和回答自如，不露破绽。敌人不知道自己的政治面貌，内部无叛徒出卖，一般说是容易走通的。交通员一般不带公开的党内的和进步的书刊报纸，不带一切易受留难的违禁物品。交通员要在任何情况下不供认自己是党员，更不用说是哪一级的交通员，不说出上下级的领导同志及自己认识的同志。交通员要养成吃苦的作风，决不在旅行中随便大手大脚花钱，但也要吃住和自己身份相适应的水平。交通员除开自己对自己带走的东西做充分准备外，还可以帮助做一些技术性的准备工作。

交通员在旅行中的注意事项，将在下面谈旅行一节中合并介绍。

四、"盯梢"和"脱梢"

在敌人的白色恐怖下做工作的地下党同志，有时被敌特发现，产生怀疑，或确知自己的身份，因而被跟踪侦察（这叫"盯梢"，被敌特跟住了叫作"长尾巴"，把敌特跟踪摆脱了叫作"脱梢"，又叫"丢尾巴"），这是家常便饭的事。

（一）有几种情况可能发生盯梢问题

1. 敌特已经确实怀疑为我党党员，但是他们认为这个党员尚不知道已被特务发现，还可以通过对这个党员的盯梢以求扩大破坏线索。

2. 敌特发现与被他们盯梢的党员有接触的人，疑是我党党员，进行盯梢观察。

3. 已经决定逮捕的我党党员，但还未找到下手的好时机、好地方，先行盯住，再决定下手逮捕。

4. 敌特从群众运动中偶然发现群众的领袖，疑是我党领导人，想从那里牵连到党内来。

5. 敌特在公共场所从言论举止及所带物品有可疑现象，疑是我党活动人员，进行盯梢侦察。

6. 敌人从其外围特务组织报告中得知一切可疑人员，进行盯梢试侦察，想从其中找出我党活动的线索来。

（二）对敌特盯梢的正确认识

有些同志平时活动时麻痹大意，不注意敌特盯梢与否，一旦发现被敌特盯梢了，又过分紧张，张皇失措，这就在敌人面前证明了自己，给敌人以可乘之机，这都是对于敌情的"左"的或右的倾向造成的。必须教育党员正确认识敌特盯梢问题：

1. 要认识我们是在敌人白色恐怖下进行革命活动，和敌人是势不两立、你死我活的斗争，这是很自然的事。因此在我们的一言一行、一切地下活动中，必须随时留心敌特的动向，注意他们对我们的侦察和破坏迹象，保持高度的警惕。

2. 要认识到我们现在是在敌占区活动，要抱定为革命事业随时准备牺牲自己的决心，只要不怕死，就能沉着镇定，不露空子，不动声色。勇敢能出智慧，可以想出可靠的办法来。

3. 要认识到敌人既然不是"见面发财"，一碰到就逮捕，而是采取盯梢的做法，这就充分说明：敌人或者还摸不清楚我的面目，在这种情况下，敌人一般是不下手逮捕的，而想盯梢进行观察；敌人或者虽然已经确知自己是共产党员，但不想马上逮捕，还有放长线钓大鱼的打算，这就给我们以在放长线的过程中脱逃的可能性。只要自己镇定勇敢，创造脱逃的条件是完全可能的。而敌特并不是那么高明，那么积极肯干的，他们是有空子给我们钻的。在斗智方面应该相信我们比他们高明一些，在他们对于我们的活动规律知道得不多时，更易造成"脱梢"的机会。

（三）如何对付盯梢

1. 提高警惕。前面已经说过，我们在活动中必须随时注意敌人对我们的破坏活动。在外出活动，比如接头、交谈、开会、携带密件等时，不论是从自己居住的地方或自己活动的地方，不论是党员住地和活动场所，或者进步分子的住地和活动场所，都要随时留心"狗子"。"谨防恶犬"是我们互相提醒的一句话。危险不在于敌特对我们的盯梢，而在于已经被敌特盯梢，我们还处于麻痹状态，根本不知道自己已经"长尾巴"了，这样不特给自己造成极大的危险，而且往往给别的同志带去了危险。

2. 发现敌人。在公共场所活动时，要善于识别哪些人是坏人，是特务。地下工作人员在长期的地下斗争中，能锻炼出一种嗅觉能力，能够大体上看得出特务的模样来。他们那种流氓派头，鬼祟作风，奸诈神色，是可以看出几分来的，特别是当他们在盯住我们时，那种诡诈样子，偷看偷听而又故意掩饰的样子，也是可以发现的。当我们在公共场所发现这种人物，特别是发现他们在对我们注意的时候，我们一般都要沉着地转移地方，并且采取办法来"试梢"，即证实自己是不是已经被敌人盯梢了。

3. "试梢"。办法很多，主要是要灵活机智，随机应变。比如我们和一个同志在茶馆接头，突然发现在不远的茶座上有特务模样的人物在暗中留心我们，这时我们就要注意，准备试梢。告诉接头的同志不要紧张，约好再碰头的时间地点，立刻分散走开，或者自己先走，对方后走，或者对方先走，自己后走，并告诉来接头的同志出去试梢后，如确实已被盯梢，立刻想法脱梢。要遵守纪律，没有确实脱梢，不要再去找别的同志；不要在街上或任何地方和自己同志及进步群众打招呼；不要回家（这是对盯梢的"三不准"）。平时在对党员进行秘密工作教育时，就要说清楚这"三不准"。在已被盯梢时，不能充分细说了，只能告诉他准备"脱梢"。如果去接头的人先离开那里，来接头的同志即可发现那可疑人物随即有一人或者两人随之离开那里，这就证明的确是有特务在盯梢了，来接头的同志随后离开那里时，他就可以肯定会有特务盯他的梢，因此就要考虑如何脱梢了。但是去接头的同志先离开后，他还不完全知道特务是否已跟来了，是一人跟来，或二人、三人跟来，这也还要试验。他可以在楼梯转弯处站一下，点火抽烟，敌特不知道，以为他下楼去了，怕盯不着，急匆匆地下楼来赶，但在楼梯转弯处又发现被盯对象，特务就会不自然地表现出惊诧神色，而又极力掩饰，甚至有的想退转去。这样就明白地告诉我们，是被特务盯住了。但是因为街上来往的人很多，不好观察到底是几个特务跟来了，必须要证实是被几个特务盯住了，以便对付。我们在试梢中与特务打了几个照面，大体上可以记住特务的样子了，特别是在与特务打照面中，应该立刻在特务身上发现一个特别的东西，如什么颜色的帽子，或有什么疤痕，或服饰上有什么特征，以及特别的特点和记号。被特务盯住的人，为了搞清楚是被几个特务盯住的，可以在街上若无其事地游游逛逛地走过去，可以在街边小铺子柜台处买一包烟或几颗糖，在抽烟或剥糖的工夫，把头侧向来的方向，看一下特务是否跟来了。如果是跟来了，他和其他走路的人会不一样，不特会用眼睛暗地看人，而且会因对方停下来买东西而跟着步子缓下来，以保持一定的距离。他或者就站在不远处，或也随后在街边随便看东看西，似乎也要买东西或者买一点小东西。但决不会进店铺里去真买，怕走失了跟踪线索。这样保持一定距离，鬼祟偷看，你停他亦停的人就是"恶狗"。如果还要再证明，还可以连续到几个商店、商场、百货公司等处转一下，看特务是否跟来或站在门外等着，暗地监看。如果是这样，就更证实了。这样我们的同志可再回头走，径直向这条"恶狗"走过去，从他身边走过去，可以无心看人地瞄他一眼，把他的相貌进一步看清楚,如果不回头走而是一直往前走,则可再找机会回头观看,要做得自然,不要特意地回头,更不要表露任何紧张神色,比如可以停下来装作系鞋带,从腿中看去,看他跟来没有;或给别人侧身让路,乘机从侧面看过去;或在橱窗边停下来看商店,从玻璃折光中看过去;或者侧过身不经意看一眼。办法是很多的,重要的是既要能回头看"恶狗",又不叫"恶狗"感觉到被他盯的人已经发觉他了。为什么说可能是一条"恶狗"跟来了呢?下面介绍一下敌人的盯梢通常规律。

敌特盯梢,前面已经说过,大体不外两种情况:一是已知我是共产党,想扩大破坏线索,故而对我盯梢,放长线钓大鱼。二是疑我是共产党,但不能肯定,故而对我盯梢,想发现更多证据。因此敌特领导人没有给这些特务以立刻逮捕的命令(那样就会破坏他们预设的阴谋。他们即使逮捕人,除特殊情况外,通常也不在光天化日之下,于稠人广众之中动手,而常选择夜间特别是黎明清晨在家中或在僻静街巷动手),只给特务以跟踪侦察的任务,他就不会在光天化日之下靠拢我们走,而必定和我们保持一定的距离。这个距离看情况有远有近,在人少又广阔或僻静少人的街巷,远处能望清楚,可以遥控的,他就站得远一些,以免被我发现。在稠人之中,他怕一晃没影了丢了梢,同时路上行人多,他以为不易看清他是盯梢,他就离得近一点。甚至在戏院电影院买票时,他可挤在人堆里看住,进电影院后他怕在黑暗中不见了,几乎是前后靠着走。但总是有一点距离的。这样,第一,我知他还不会动手抓我,也不会开枪打死我;第二,他和我有一定距离,这个距离就有我逃脱的机会,只要善于选择时机和场所,当机立断,突然切去尾巴是可能的。

敌人也有在街上偶然碰上我们,或偶然怀疑而进行盯梢的。这种盯梢因他未事先准备,有可能不过是一个人、两个人。一个人更容易丢掉些,两个人则可以采取"分梢"办法,分散盯梢特务(办法下面再说)。如果是敌人事先埋伏好,或已知我常去的地方如某茶馆,他有准备地盯梢,也不过是两三人,一般是不会一下出动很多人来的(特别重要的情况可例外)。但是我们在那里约会的起码是两人或者是三四人，当我们发现敌情，决定脱离出走时，两人或三四人分头走了，敌人就不能不分散跟着盯梢，于是可能只能一个特务跟一个人了。他们认为最要紧的盯梢对象，也不过跟两个人，这就有办法丢掉尾巴了。假如他们是预伏在我住处，或工作机关、学校、门外，等我上街随即跟上，最多也不会超过三人。

4. 注意"三角盯梢"。敌人在街道上有一种所谓"三角盯梢法"，即我在前行，后边隔十几米或几米跟来特务甲，特务甲后隔十几米或几米又跟着特务乙，与特务甲平行在对街行人道上又有一个特务丙，形成三角，都盯住我，我如跨过街在那边走，第一梢由特务丙代替特务甲了。特务乙在后边也跨过街，在特务丙后一定距离跟着做第二梢，街这边还是特务甲代替特务丙做预备梢了。这样敌人以为我即使注意到后面有可能盯梢的，也只注意特务甲，我一过街便以为我可能被迷惑了，以为把特务丢掉了，实际上却是换了一个特务丙，我不认识也不怀疑的特务跟住我了。这样他们就更便于盯住。假如我走一会，或因事，或已发现盯梢的，忽然回头走，从特务甲身边走过去，这时特务甲就不再随即转身跟回来，他以为那样更易为我发觉，而是暗示特务乙等我走过特务乙后，由特务乙再回头跟上，特务甲则穿到对街边，由特务丙过来做第二梢。这样他们以为我一定认为是脱了梢了，实际还是被他们的三角盯梢盯住的，只是换了人了。假如我是到哪个商店买东西，吃东西，他们就跟进一个人来，遥遥看住，而另外在门外远近埋伏着两个人，等我出去，又构成三角盯梢。他们过去认为这是万无一失的。但是其实这并不是没有办法对付的（下面谈"丢梢"时再介绍）。

5. 住所盯梢。敌人对我住处更要盯梢，如果发现我的住所是大杂院，他就能随便跟进院子里来在大杂院里以找人、拜访朋友名义在那里乱问乱窜，同时注意我住的屋子。如果是独家院子，他不便直接跟入，他就在门外一定距离的街角或小馆子、小铺子里等着，而且时常换人，把独院子盯住，或者找保甲长带着或自己装成警察进独院来找人，无事找事来问这问那，或来租房子，或来查户口，或来修理电线、看下水道等进行侦察，这是比较容易察觉的。就是在外面坐盯的特务也容易发现，一经发现就要采取措施走避，去查明原因，不要再回到那里去。还有一种"打游击"的特务，他们终日无事，在街上乱走乱窜，进出戏院、茶楼、酒店、公园、旅馆和百货公司等公共场所，或者到大学校园内乱走动，看看进步壁报等，进行侦察，只要发现什么可疑现象，他们就进行盯梢。查到你的下落后，再慢慢来理抹，希望从那里打开新的破坏线索来。

（四）坚决"脱梢"

只要发现了敌特"盯梢"，又采取了办法"试梢"，确证了被盯梢，并且又证实是一个特务或两个三个特务在盯住自己，就要立刻想办法"脱梢"了。

1. 一个特务盯梢，这种情况一般较多，也最容易丢掉他。只要发现可疑盯梢特务后，自己设法走一段路，进出几个地方，就可以试验出来，如果一直是这个人在跟着转，就证明是一个特务在盯梢，马上准备脱梢；假如起初发现是一个特务老跟着自己转，自己还没有脱梢；忽然这个人不见了，走一段路后发现后面仍然有人跟着，是另一个人，这就证明了不止一个，而是两个或三个特务在盯梢了。在这种情况下，要想脱梢，最好先做"分梢"工作，把敌人分散得只剩下一个人在跟了，再坚决脱梢，把握性就大一些。

怎么"分梢"？敌人盯梢的目的在于扩大线索，因此就给他们一个假线索，让他们马上派一个人去盯那一个人，这就势必分散他们盯梢的力量了。而实际上那一个盯梢却是徒劳的。比如当你在街上被两个特务盯住，你已经证明了，你就在街上分梢。办法是你在行人道上稠人之中随便选择一个拿着香烟的人，你走近他装着认识他的样子，和他打招呼，要求借个火，这在大街上本是常事，但敌特不是站在你的身边，无法听到你和他说些什么，只见你和他在借火抽烟时在和他说什么话，然后分手了，分手时你故意装出几分神秘的样子，和他告别。敌特便以为你不知道后面被他们盯住了，和自己的同志在街上碰见打招呼，这个人便成为可疑线索，应加以盯梢，他们马上就分一个特务跟那个人，只剩下一个人盯住你。这就分了梢。分梢后要马上设法脱梢。假如你这样做以后，敌人还是有两个人在盯你的梢，或是因第一次分梢，敌人没有理会，因此你还要设法分梢。这一次可以这么办，你找寻一个合适的商人，你忽然像老相识一样上前和他亲热地打招呼，说点生意人的寒暄话，这个商人当然并不认识你，但看你那么亲热的样子，模模糊糊觉得在哪里见过，他也会向你打招呼，你就可以乘机和他再说一两句他听来也说得过去的生意经的话，可以通用，可以这么理解，也可以那么理解的话。如说："啊！上回王经理在宴宾楼上请客的宴会上，我和你碰过杯，你倒忘了？"（这种商人和一个姓王的经理同过宴会，是完全可能的，他们成天不是在这里酒楼进，就是在那里酒楼出的，经理、老板请客是常事，在宴会上遇到一些原不相识的人，碰过杯也是常事，他听了虽然想不起来，但可能相信是真的），他就会像一般社交场合上随便哼哈地说两句。然后你可以送烟给他抽，并且点头告别，说："好，我现在有事，下午在某茶厅喝茶吧。"敌特站在相当距离外，听不清说什么，但可以看出你和商人是肯定认识的，还相当熟悉的样子。这对敌特就会很有诱惑力，可能分人去盯他的梢，这时你身后就可能只剩下一个特务了，应该马上准备脱梢。害怕你东转西转，特务又另外碰上了游击特务，增加对你的盯梢力量，那就麻烦。或者他们有一个盯住你，一人赶快去打电话给他们的上司，叫马上增派盯梢的人来，那也是很麻烦的。所以试梢要快，脱梢也要快，不能磨蹭，但又要外表十分从容，不可紧张。

2. 脱梢要注意：第一，不要让敌特感觉你已经发现被人盯住了。要沉着镇定，不要惊惶，东张西望，或者老回头看，甚至匆匆地乱走起来。这样假如敌人只是对你怀疑而盯你，你自己无异于向敌人告密了，敌人更不放松你了；假如敌人明确了解你，有意盯你，你这么慌乱快走，敌人就可能怕你逃走，会追得更紧一些，就更不容易脱梢。你如果是采取"外松内紧"的样子，外表看来你似乎还糊里糊涂根本不知道有人盯你的梢，那么大而化之，若无其事的样子,不露声色,买你的东西,转你的商店,坐你的茶馆(其实你这时正在紧张地试梢),只要敌人认为你没有发现他,他就不太紧盯,会让你走去。

第二,要注意脱梢时走的路线,一般由热闹的街市到僻静小巷,再由僻静小巷到热闹街市,就这么交替地走。你在热闹的地方便于你在稠人之中突然消失,但不利于随时观察到敌人的行径;在僻静小巷便于观察敌人是否跟来了,是否脱梢成功了。在热闹的地方敌人不便动手抓人,在僻静的地方敌人如奉有必要时即逮捕的指示,就可能在那里动手抓人。在僻静的小巷还有一个好处,敌人不敢走得太靠近,这也便于脱梢。如果他靠你太近,害怕你发觉后和他拼命。

第三,要注意平时准备的"狡兔三窟",当机立断。我们在敌人城市里活动,总要随时考虑到敌人的盯梢和我们的脱梢,要在自己经常去的地方和活动的地方,随时留心那种便于突然消失的门道,必要时出敌不意地脱逃的办法,这种地方平时就要看好路线,一遇盯梢就马上使用起来,才能做到沉着不乱,这就叫"狡兔三窟"。

3. 脱梢的办法很多,全在自己临危不惧,勇敢机智,办法是在"穷中思变",随机应变中找出来的。现试举例如下(但地点、条件的不同,无法套用,要靠自己创造):

第一,在稠人广众之中突然逃脱,这当然是可行的,特别是在人众十分拥挤的地方,比如抢购东西,或是投机市场(如银圆市场),乘大家乱喊乱叫,你推我挤之时就可以走掉了;还有在百货商店里买东西的人很多,店堂、柜台很多,楼上楼下,试衣室、休息室等等,你可以在乱窜中突然乘敌人不留心时走掉;还可以在电影院中开演了才买票进场,进场后在黑暗中敌人虽然跟进来,却不一定看得很准,特别是和你同时在黑地进场的不止你一人,更不易分辨,你突然离开电影院出来走掉,或者去厕所方便,过一会儿再出去。但要注意,估计到一个特务跟着你进来了,是否还有另一个特务盯在电影院门口等你,或者是进院跟你的那个特务看见你不见了,急忙跑到门口来等你来了,因此你在出来后必须在电影院门厅附近详细观察再出门去。

在公园中人虽不拥挤,但道路繁杂,隐蔽处所很多,可以在一个转弯,一个门口处突然走进什么地方去,敌特跟来已找不到,在就近地方大略看一看,不见你了,就会慌乱地追踪前去,你再从容退出来,立刻走掉,从另外的门走,不能走进来时走过的大门。

四川茶馆曾是我们地下工作的好地方,也曾是我们脱梢的地方。你走进茶馆装着找人,在人群拥挤、茶桌阻塞的大茶厅里,你把特务引进靠里边最挤的地方然后突然从人丛中退出来,他一时挤不过来,你或者索性找个地方坐下喝茶(通常的习惯是茶一泡好就先付茶钱,不要喝完再付钱,便于随时离开),特务或者只好坐下喝茶,或者站在远处望着。这时你就想办法和你同桌的人随便胡扯乱谈,假如你带得有小提兜之类的东西,就放在桌上,你再从容地站起来去买烟或零食,看一下尝一下不满意,又到别处或门口去买,敌人看你有认识的人在一块儿喝茶,你的提兜之类的东西还放在桌上,以为你去买吃的东西,还会转来的,他就不一定跟着你而是遥遥望着你,你这时就可以很快走出茶馆,立刻隐没在人群中,或者店铺里、小巷中去,然后坚决走掉。待敌特知道上当了马上追出来,他在人群中一时走得不一定顺畅,实际上你早已逃之夭夭了。

有一种茶馆开在街的转角,两边开门(有的铺板全下掉,无所谓门),里面有几张茶桌,喝茶的人也不多,你可引着特务走到附近,你走进去靠门一边找个茶桌坐下喝茶,敌特见茶馆人少,不好进来喝茶让你发觉他,他就站在门外巷子十几米的地方看住你,你故意把腿露到门外身体隐在门内。他看得到你的腿,认为你的确坐在那里,便放心了。过一会儿,你突然收回腿,从那一边的门走出去,走入另一条小巷,迅速走掉,等特务发现你的腿不见了,走过来看时,你已经走远了。或者是刚走不久,他就紧张起来,一时辨不清你是从哪一边走掉的,待他追上来时,隔你已有几十上百米远,追不上了。这是灵活应变找到的办法,这样的办法可随处找到。又如被特务跟着,而且已知道我的面目,是两个人跟来盯我,我一出茶馆在门口买香烟,特务不知道，他神色仓皇地追过来，我就马上到百货公司以及在大街上回头走一下，如果确认是两个特务跟着，你就采取"分梢"办法先分梢，现在只有一个特务跟着你，你就要设法丢梢，办法前面已经说过，靠平时有准备，临时随机应变。比如你就选择一个楼上的茶馆，这个茶馆平时就熟悉，是一边上楼，一边下楼的，有两个楼梯在两头，茶座很多，挤得很。你当机立断从一头上楼，迅速在茶座之中穿过，从另一边楼梯紧急下去，等特务上楼并已看到你从另一边下楼时，他要紧跟上来也不可能了，他要从人很多的茶座拥挤之中急走过来不很容易，待他走过来时，你已下楼到了街上，从一个店铺或小巷子里溜掉了。这样就把"尾巴"丢掉了。不过你必须再一连穿过三条小巷，都不见有人跟着你了，你才可以去办自己的事，或者回家。这就算是"脱梢"成功。

第二，在敌人不知道的通道走掉。平时在城市里自己经常活动的地方，留心各种小街小巷和岔道口、大杂院子、公共场所、厕所、澡堂、戏院等等，专找那种有大门进，旁门或小门出，或垮了的墙缺口，或矮土墙能一跃而过，或窗户可以翻出去，或者转弯抹角的地方可以和敌人"捉迷藏"，或同学、同事的家里有后路可通的地方。这些地方平时就要记得很熟，常常去走走试试（恐怕条件忽然发生变化，比如垮墙修复了，窗户钉死了，后门封闭了等等），到了被盯梢后，就近找这种"狡兔三窟"式的出路，在敌人不防的情况下，突然走进去，从另一出路走掉。比如有的商店、小铺后面是大杂院的住家户，有后门，或缺墙篱笆，或有公共厕所，有运粪的小门可以打开，你走进小铺，穿入大杂院，随即从选好的出路走掉。特务不熟悉这种地方，以为你到一个人家里或铺子里去了，他不便跟进去，就在外面守住，等你出来，实际上你早已走掉了，待他发觉不对头时，走进铺子里去找，才知道上了你的当了。其他地方也有这种通道可寻，特务事先不一定知道，我们就可利用来做脱梢使用，这是有效的。

第三，利用阻碍脱梢。有一种公共地方，有房子、院子、庭园、通路，也有小门，你走进去后，特务还在后面跟时，你突然把门关起来，插上门门,他进不来,你可从预先熟悉的道路或出房门,或走大门,特务不知你到哪里去了。还有的人在街上脱梢时,突然看到绿灯放行成串汽车,就冒险地从一串车前穿过,刚穿过汽车就切断了道路,把特务隔在街对面,你隐入人群,从小巷走掉,或到别的场所、商店里去暂避一下。还有的勇敢地从火车头前穿过以丢掉特务的做法。也有的铁栅子门要关闭了,你刚好赶上时机挤进去,特务来时却已关上门,他若交涉,开了铁栅门追你,那时你早已走远了。

第四,到敌人想不到的地方去。敌人的一些专政机关,比如派出所、警察分局之类你偏进去找人,或交涉什么事情,敌人不防,想不到你到那里去躲起来,以为你在前面跑了,一直追过去。然后你再从容走出来,走自己的路。

的确,"出敌不意"是可以克敌制胜的重要方法。有的同志在敌人到处设网追捕很急,无处可逃时,就去做一般轻微的刑事犯罪,如偷扒犯、银圆投机犯或鸦片烟犯等,被敌人的普通警察和法院扣捕拘留关了起来,一两个月或半年不提审,他就在那里待上几月或半年,然后想办法取保出来。敌人追捕不到你,哪里想得到你是到他们的警察局或法院的拘留所里躲起来了呢!

第五,坐电车、汽车、人力车或自行车走掉。有一种场合,就是公共汽车或电汽车快要关门开车了,你突然跳上去,敌特不防备,隔你又较远,等他赶来,车子刚好开走。这要观察好,赶得巧才行。还有一种办法是利用出租汽车,刚好在那里只停有一辆,你跳进去就叫开走,可以对司机说是去送急病人,特务赶到,已经晚了。当然这要凑巧,假如我们有的党员是出租汽车司机,平时就认识,又知道他的车停在什么地方,就带着"尾巴"走到那里去,跳进车就叫开走,那就好办些。

附带说一下,我们在城市的铁路工人、邮电工人、运输海员、公共汽车出租司机以及卖票工人中、搬运工人中、黄包车工人中都要建立党组织,且有好党员,对于我们脱梢、侦察敌情、运送秘密文件、护送同志是非常方便的，地下党是一定要努力开展这方面工作的。还有在城市中的一些小商贩中，报童、擦皮鞋的小孩子、流浪儿童中多做工作，或者有意派同志去做这种人的工作，对于侦察、送信、保护同志是有很大用处的，依靠这些劳动群众脱梢也是很好的。因此我们要在这些工人中和劳动人民中开展工作，结交朋友。

坐人力车脱梢的事也是有的，拉人力车的是党员更好，可有意识地做保护党的领导同志的工作。常常拉领导同志上街接头，车就停在接头地点附近，如被盯梢，拉车子就跑。敌人不防，要马上找人力车坐上追赶已来不及了。车子拉到小巷转弯处，可突然停下来，让领导同志步行走掉，自己的车子还继续向前拉，车有篷，敌人从后面看不清，等他追上前一看，车上已没有人了。要问车夫坐车人哪里去了，可回答早已下车了。敌特一般不会怀疑这种黄包车夫，他比较容易对付过去。

还有的同志靠骑自行车骑得好，和敌特赛骑车术，敢于在人群中乱窜，不致出事。有时去接头的同志是步行去的，另由做保卫工作的同志骑自行车去，接头的同志如遇盯梢，一离开接头地点就骑上自行车跑掉，敌人一时来不及找车，无法跟上。

关于专门设置保卫部门，而且有一批拥有武器的武工队员是必要的，这可以保卫领导机关和领导同志的安全。过去这方面注意得不够，有武工队员也未利用起来。

第六，到"小解放区"、"小延安"避难。假如敌人盯得很紧，无法脱梢，又不能拖延太久，恐怕发生变故，这时最好是退到"小解放区"、"小延安"避难去。我们在工作中总是有一些比较好的据点，那里党的力量占优势，在群众中有高度威信，党员和进步分子都比较多。比如一个小单位、机关，或一所学校、一个村镇，那里俨然是一个"小解放区"、"小延安"。但是过去这种"小解放区"、"小延安"，敌人都是比较注意的，当然也有敌人还未发现注意的，应尽一切可能使这种地方不暴露最好。比如一所中学校（这在过去是常有的事，这学校一直有进步传统，一直是党员或民主党派或进步人士，或是与国民党有矛盾的地方势力在掌权，从校长、多数教员以至大部分职员，连门房传达都是党员或进步分子），你一进门和传达打个招呼，就径直往里走，特务赶来要进去，被门房传达留住，盘问一番，办会客手续等等，不让他很快进去。他当然说不出个所以然来，更不好说他是特务来追人的，这样你就可以从容地由学校后门走掉。即使特务来搜学校，也找不着了（一般是不准他来学校搜查的，可以拒绝、抗议），假如特务持枪不讲理，拿出他持有的可以到处进出的"派司"来强要进去，也不行，可故意留难和他扯皮，他要武力乱撞，就一呼而出，一些进步学生及教职员工把他围起来，轰他出去。不过，过去敌人往往不敢这么干，而是追到门口就守住，派人回去报信，再来办交涉。但学校只要不认账，不承认有这个人进来过，可以让他进来看，就没有事了，敌人也不能怎么样了。有我们能掌握的小机关，当然也可以这样作为避风的地方。只要有一两个党员或进步分子在那里就可利用，门房让你进去，不让特务进去，就有逃脱的机会。

还有一种办法就是我们自己掌握的小公馆模样的地方，门房是自己的人，里面住的也许是民主人士、教授之类，门房让你进去，不让特务进去，你就可以从侧门走掉，敌人来要人，有人出面说明或不认账，或可承认有此人求见或找过职业，已推辞走了。

这种退到"小解放区"、"小延安"的做法应尽力避免，是实在不得已才这么办的，因为这样做可能给这些单位带来一定的麻烦。

第七，最后一个脱梢办法，就是武力脱梢。假如有做保卫工作的同志备有小手枪，专门保卫领导同志，这就好办。这不仅对于敌人的破坏活动，经常进行针锋相对的侦察，而且对于领导同志的住所经常注意四周安全。领导同志出去接头，或开会等也可以暗地保护他。如果有领导同志被盯梢了，保卫工作同志即实行反盯梢，把盯梢的敌人搞清楚，必要时可在巷子里埋伏，等领导走过去后，特务跟来时突然上去靠拢特务，用枪顶住敌人的腰，别的同志搜去特务的枪，警告特务，叫他滚蛋，然后我们走散。在国民党城市中，持枪打架是常有的事，旁人看到了并不奇怪。这样我们可以走脱，敌人是不防备的。有时我们没有枪，但只要有硬东西顶在特务背上，另外的同志上去搜出特务的枪来，我们就有枪用了，这种事最好是在黄昏、清晨或晚上的小巷子中干最好。

在没有保卫同志的情况下，有的领导同志也可以自己保存手枪，从军事部门、统战部门搞小手枪并不困难。如果我们在脱梢困难，而又备有手枪时，可以与特务拖延到天黑时进行脱梢，就更好办一些。我们的同志在前走到一个僻静处，在转弯处墙角埋伏。特务怕脱了梢一定匆匆赶过来，他一出头，就用枪顶住他的背或胸或腰，很机巧地下了他的枪，叫他滚蛋，特务们是最怕死的，会乖乖地逃走。但是特务中也有很多人的身体很好，有的还受过美国特务的"全能训练"，拳击、格斗、夺枪、跑跳、游泳这些功夫都学过。当你举枪逼近，他可能看有无空子，有空子他就会翻手擒住你的枪和你扭斗起来，或者飞腿踢掉你手上的枪，或踢歪枪口，猛扑过来扭住你。因此我们举枪不可把手臂老长地伸出去，应把枪靠在自己的腰边，握得紧紧的。他伸手抓不到，脚踢不到，他一动你就打死他，待他不动，你靠近取他的枪时必须更要注意，要一下把枪抵在他背上，站在他背后从他腰上或裤兜里取下他的枪，而且要注意他反扑，这些功夫搞保卫工作的同志或武工队比较熟悉，一般领导同志不熟悉武功，最好是不要带枪，也不准备动武，要估计有把握取胜才可以干。

（五）脱梢后怎么办

脱梢后第一件要办的事，是确证已脱梢了。被特务盯梢后，你采取各种办法脱梢后，还得要走过三条任选的小巷，确实证实后面没有任何人跟住你了，才能回家，最好是天黑后再走回家。千万要注意，敌人是十分狡猾的，你不要以为看不见敌人了，便算脱梢了，也许敌人更隐秘地盯住你了，或是换了你不注意的人盯住你了，不可粗心大意。脱梢后第二要办的事，是回家或去找人时，要经过仔细观察，或找别的同志去观察了再去，因为有时候你被敌人盯住了就是从你的住处开始的，你一回去又落入敌人罗网。脱梢后第三件要办的事,一定要努力找出自己被盯梢的原因在哪里,是自己疏忽了?是出了叛徒?是别人牵连?一定要搞清楚,并立即采取相应的安全措施。

总之,盯梢脱梢的问题是地下党秘密工作中一个常常碰到的问题,要注意研究。其要点是:

1. 必须严格遵守被盯梢后的三条纪律规定。

2. 必须平时留心作脱梢用的"狡兔三窟"之计,并常去观察实践。

3. 必须在出外时随时留心住所、接头和开会的地方有无特务活动迹象,一有可疑即采取措施。

4. 在接头开会处提高警惕,能有保卫同志专门观察守护就更好,一遇特务盯梢就要停止接头开会,但不作鸟兽散,有秩序地撤离,外松内紧,不露声色。

5. 进行试梢,认清敌人,如有两个以上特务盯住,要先作分梢之计。

6. 勇敢机智,当机立断,坚决脱梢,办法是平时留心,当时随机应变,只要不怕死,不慌乱,沉着机敏,办法总是有的。敌人并不是那么积极和勇敢的,空子是有很多的,我们一定要善于应用。

7. 脱梢后要进行确实脱梢的试验,不可疏忽大意,宁肯多费点时间,多花力气,并且立即查明被盯梢的原因,采取措施。

总括起来四句话:提高警惕,"狡兔三窟",当机立断,遵守纪律。

五、 旅行要事

(一)国民党地区敌特对于交通部门是抓得很紧的。他们不仅在所有车站、码头、飞机场设有公开的检查站和秘密侦察网,在城市的旅馆、餐厅、招待所、澡堂等地也设立了侦察外围组织（注意：敌特在各种单位中都设立了秘密的特务"通讯员"，而袍哥中许多三教九流的人中，他们也吸收了特务或特务通讯员）。住旅馆则每个旅客必须登记，出示证件，并且有军、警、宪、特的每晚的联合"查号"，盘查旅客，还在交通要道实行突击性检查，交通部门的警察也是公开由特务系统领导的，税警也是由特务部门领导的。甚至在紧张的时候，船未到码头，停在码头外江心，由特务乘快艇上船检查后才准靠岸上客；大车在开行中未到站就先检查；飞机场就更不用说了，要先登记交照片，找保人才准买票。另外敌人还设立专人专案的查缉组，在各交通要道持照片进行查验，追捕逃走的人。这一切都是为了对付我们共产党和革命人民的，要认识这些地方的"关口"，要过关不可掉以轻心。

但是又要认识到敌人这种看来极其严密的交通检查，实际上因为他们的所作所为是反对人民的，不可能得到人民的支持，他们的内部又是极腐败的，漏洞所在皆是，只起了扰民残民的作用。因为一切盗匪、鸦片烟贩、走私者都是敌军警宪特所组织领导，或者和他们有密切联系的，给他们分赃的（如私运鸦片和分售鸦片就是特务的专业经费的重要来源），当然不会查缉到这种人。而我们党有严密的组织和一套纪律，又有对付敌人的一套办法，通过这种机构把我们抓住了的事很少，只是偶有不慎的进步分子有被怀疑留难的。所以在特务横行之下旅行，也并没有什么可怕，只要做了充分的准备，遵守规定的纪律，采用秘密方法，是可以安全通过的。

（二）我们在敌占区旅行，只要没有暴露，尽可以和其他人一样，放心大胆地走路。只是要注意自己的行动言谈，不要引起敌特的怀疑，同时还要注意敌特对自己有什么异态行为。一般来说要注意：1. 不携带足以引起敌特怀疑的文件、书籍和违禁物品。2. 有充分的社会职业证件和旅行执照，证件最好是用正式的，而不是临时伪造的。3. 不要在途中随便和不相干的人高谈阔论，议论时事。4. 不要穿戴与社会职业不相称的服饰，不超出社会职业收入所许可的生活水平（也不要过于寒碜）。5. 同行的同志最好不必同路，要同路也不要看来原来就认识，而且还很熟的样子，可以装着旅途相识的同路人在一起旅行，以防一个人出了问题立刻牵连到同行的同志。6.到了目的地，严格按组织规定去完成自己的任务，不作他务。按组织规定去接头，同时未接头前，应熟悉当地情况，观察那里是否已发生过什么特别变化，要有把握才去接头。7. 禁止去和不相干的人往来，不准和那里自己认识的亲属、亲戚、朋友、同学、同乡去往来，但经过组织上许可的除外。

（三）党的领导同志或巡视员、交通员出去，携带有机密文件、书刊时，那就完全不同了。一般来说领导同志除十分必要，不要自己携带党内文件和党报党刊以及进步报刊。相反的倒要故意携带和自己的掩护职业相称的物品和书刊，以至带作为幌子的反动书刊（这种书刊领导同志平时也要阅读，以了解敌情）。不携带一切违禁物品、枪支等。要携带和掩护职业相当的证件和护照。这种证件、护照是使用自己在那里的真实职业掩护的，还是用党内临时去办来的，或者是临时伪造的，这就要看当时的政治环境而定。如自己不暴露，组织没有遭到破坏，敌人不可能从掩护职业处怀疑自己，以用社会职业掩护的为好。但是自己外出，自己掩护职业的地方或单位知道自己的去向和下落，也是并不好的，最好不要告诉自己打算到哪里去的确实地址。党内一般的同志也不要知道要到哪里去，就是去的地方的党组织，是否要先行知道将有同志去也不一定。有时可以通知，以便安排住地，准备工作汇报，但不必通知是什么领导人要去；有时也可以不通知，突然到那里按规定关系暗号去接头（当然事先也要进行察看，不可冒昧行事）。领导同志到了下级地方是否因住进旅馆、行栈，因而向下级暴露了自己的社会职业姓名、地址，这要严格注意。有的领导同志出差到下级地方，立刻改换姓名、证件，不说真名，以代名代号使用，只在旅途中用自己的职业姓名、证件，以便安全些。但一到目的地，即由下级安排安全住地，改名换姓。这时还要防止在这地方偶然遇上过去认识的社会关系，防备他们喊出自己过去的姓名，和现在登记名字不符（名不符可说，姓不符则更容易引起怀疑），那就不好了，所以一般保持用社会职业的姓名为好。领导同志到下级检查工作，不可避免要和一些基层同志见面谈话，这是容许的，但姓名不要暴露，临时用假名，也不说是从哪里来的。检查工作完毕,立刻离开那里,不要久久逗留。向何处去,走什么路线,使用什么交通工具,如无必要,不能让下级同志知道。即使有时下级同志知道了,出发以后,有时在中途可以改换一下旅行方向和路程。有的还临时改换身份证和职业。领导同志有时也和经常在这一条路线跑的交通员一同上路,交通员熟悉路途及关卡情况,可得到许多帮助。在这种情况下,交通员不能携带秘密文件,只做向导和到目的地后与当地负责同志接通关系,并代做掩护工作。

假如是敌特比较注意的领导同志外出旅行,那就要进行很多安全工作的考虑,特别是党内出了叛徒,供出了领导的姓名、住址、籍贯、社会职业、可能去向,以及面貌衣服等特点,那就更不同了。有时是叛徒亲自带特务来抓人,情况就更严重了。在这种情况下,旅行是很危险的事,但又非去不可时,那就要在安全上做周密的考虑和安排。

(四)交通员出去,有时是要携带秘密文件、转移党员关系的暗号的,在过去收音困难条件下,还要突破敌人封锁,送党报党刊或党内印刷品过去。这要通过敌人的层层检查,必须要有勇敢机智、不怕苦、不怕死的同志才能胜任,并要做许多安全技术措施。首先交通员的身份,要依年龄、外貌、气质而扮成各种不同的社会身份,有的是老头,以亲属探亲访友名义,以小商小贩名义;有的扮成江湖医生,看相算命的模样;有的是妇女,以各种职业的妇女面目,如回家或走亲戚的无知无识的普通家庭妇女模样;或者以贫苦的劳动妇女、帮工、娘姨模样;有的青年妇女,可以学生面目出现。一般青年做交通员,可以小公务人员、小学教员、行商走贩为掩护,行商走贩更易于活动和居住,他们买卖什么都行,可以游乡串村,随处可去,比较方便。这种人等于半失业者,在国民党区域是比较多的,易于隐藏,不易被发现。当然有时也以富商大贾,高级仕女面目出现,但那要花很多钱来装扮,不大容易。其次,交通员携带秘密文件的办法,一定要经过秘书同志的技术处理,交通员不应知道的,也不能让他知道内容,也不能告诉他解密的办法,只要求他按时送到,准确地交到指定的地方和人就行了。还要告诉交通员如何秘藏秘密文件，如何顺利过关，应付敌人的办法。

1. 自寄自取。把秘密文件加以伪装，放入敌伪的反动书刊报纸内，寄到目的地某学校、旅店等，人到了那里就到邮件候领的信插中自行取出，这就避免了旅途的重大检查关口，即使在邮局还是被特务检查到了，也不知是谁寄的，只是在候领信插中取出时，要看好有无特务在守候。

2. 把铅印的党报党刊明显的刊头改印改用普通报纸的纸，再以之作为物品的包装纸，弄得又破又脏的样子，拿来包食物、糖果、旧鞋子等，敌人常常是注意检查你的箱子提包内的东西。用旧报纸、旧杂志包东西，在那时是比较普遍的，敌人不大注意，即使检查出来了，也很容易申辩，因为当时小商小贩或食物店用旧报纸包东西的情况很多，可以推说是别人用旧报纸包的，敌特最多没收了就完了。

3. 紧要的油印件、党内书刊，非送不可的，可先改成单页糊成纸盒，内部是要带的文件，外表却糊上什么衣帽店、鞋店之类的商标纸，然后装上衣物鞋帽等东西上路。敌人只会从纸盒内取出衣物来检查，但对纸盒却不大看的，到目的地后撕破纸盒浸泡在清水中，一天两天后一层层地轻轻揭起，晾干弄平，便能还原了。敌人即使撕开盒子看到了问你时，你以买东西时商店给的为由，怎能为难你呢？实际上这种纸盒多是城市贫民用各种废旧字纸、报纸、杂志糊的，敌人也无可非议。还有一种纸箱，一本书都可以拆散裱糊在底子里或箱盖里，敌人是不会注意的。

4. 混过检查站。交通员可以把机密的文件加以技术掩护直接带在身上，有的很小的字条可以塞在耳朵里，有的用蜡丸塞进肛门里，有的放在皮带扣上的夹层铁皮里，有的女同志还可以放在月经带里。这些都只限于很小的密件，有的同志是善于在非常薄小的纸上写字和画符号的。带有这样的密件，最好在快到车站之前下车，如果是乘火车可在前一两个小站托故下车，汽车就在车站外下车，坐公共汽车可以在快到城市的小镇下车，下车以后你再像一个本地老百姓一样，从检查站外走过去，安然无事。过去我们经济条件困难，领导同志或交通员都是步行，哪怕是步行几个县甚至千多里路途也是常事。这样还可减少遇到检查站的麻烦，携带秘密文件反倒安全一些。

5. 混过旅店的查号。国民党统治区每个城市（包括县城），甚至镇上，晚上住宿是有警宪特来进行盘查的。这种盘查并不可怕，只要你带得有无可怀疑的证件和护照，言语对答不乱，自然无事，有时他也就不再看你的行李了。只有在对你怀疑时，才会仔细盘问，查看证件，搜查行李。但这也不可怕。过去有的同志是采取两种办法：一种是住进旅店就随即把密件藏在房间内不易查到的地方，如天花板上、席篷上、老鼠洞里，更好的是拿出房外藏到厕所的什么地方，或塞进乱纸堆里去等。敌人根本想不到，也找不到的。即使查到了，可以不认账，谁知道是谁放的。待查号之后，第二天清晨早起，便去取出来带着上路，那时长途走路的或商贩都习惯天不亮就起身上路的。在路上走的时候当然也要留心前面有无检查站或检查人员拦路，如果有，要设法绕道而行。另一种是在到达住宿的城镇前，就在路旁以去方便的样子，找一个不淋雨不潮湿的石头缝或石头下放密件，并做个寻找记号，当晚进城住入旅馆，第二天再到那里取出密件，继续赶路。

6. 携带和传递密件最有效的办法是我们在交通部门的职工中有党组织，比如铁路工人、司炉、服务员，轮船的海员或其他职工，木船工人、汽车司机、售票员等，就可以给他们任务，代为传递党的文件。他们是不受途中检查站特务盘查的，也不住旅馆被查号的，只要把密件交给他们就容易送到。或者把这种职业的党员关系交几个给交通员领导，负责交通工作，有时领导同志出去，也可以靠他们的关系搞客票（当时买车票非常困难，有时等一两月买不上票），掩护领导同志们安全旅行。因此，我们在这方面一定要加强工作，建立组织，将来无论进行什么斗争都少不了他们，要有意识地派一些党员进去工作。

7. 在旅途中要根据环境进行活动，安全就会有保障些。假如有一个领导同志到一个城市检查工作，他因为没有护照，无职业证件，也无小行商的登记证明，但必须上路赶去，只好临时装成失业教员到那个城市去找一个学校校长寻求职业的身份，临时又在统战关系处搞到一张在这条路上的一个很有势力的"大舵把子"（流氓头）的名片，就可上路了。他到了中途一个县城后，知道前面路途的袍哥、土匪拦路要买路钱很严重，不易通过。他就扮成"视察委员"，坐上滑竿大摇大摆地走去，他拿着"大舵把子"的名片，"拿了言语"，畅行无阻。因为是"大舵把子"的熟人，又是个委员，一路上的"大舵把子"的兄弟伙都不敢拦路检查、要买路钱了，甚至有的小袍哥头子还在中途请茶请饭。这就需要懂得一点江湖话和风俗。但快要走到那个"大舵把子"住的县城时，一定要赶快换了衣服，改为小商贩，不再坐滑竿，步行向前走，万一被"大舵把子"的探子知道了，一理抹就走不了了。

六、 伪装与伪造

在地下党活动中非不得已，不要轻易搞伪装和伪造。因为一经暴露，反而不好。无论居住、职业、旅行都用当时社会所谓的"正当"职业作掩护，有伪政权的各种正式证件证明。如无叛徒指证，敌人根本无法知道自己是共产党员。但是地下党有时候迫于形势，却也非有伪装和伪造的本领不可。

伪装并不困难，要在一个"像"字和一个"真"字上做文章。比如你是党的领导人，以行商作为掩护职业，那么你就要从家居生活、个人行为、服装谈话、交际应酬等都像一个行商的派头。你当然不会每天去干行商生意，但必须从表面看来，你每天是真在忙行商的事，必须熟悉作为一个行商的一些基本社会知识，一些你所经营的行道的行情和行话。还要叫人看到你在这方面的货物、单据之类。如果是别的同志经营，你是以当帮手、伙计作掩护，也要具有这一方面的起码的知识。

伪装隔行太远一般是不好的，知识分子党员可以伪装为教员、学生、公务人员、自由职业者、小商人等，如果知识分子却伪装成一个粗杂下人、一个农民、一个社会流浪人，就隔得太远了。同样，一个工人、农民同志去装成知识分子或公务人员也是困难的，但装成小商小贩是可以的。如果是长期伪装，一个知识分子到农村去和农民党员一起劳动，一样打扮，要不了几个月就会像个农民的，再久一点就真是农民了。你不会做小买卖，去担几个月货郎担子也就像真的货郎了。因此长期伪装是可以的，办得到的。

最成问题的往往是临时伪装，这在紧急情况下却又是很有必要的。特别是党内出了叛徒时，你的身份、面貌、职业已经被叛徒供出，为敌人了解了，这时你就非立刻伪装不可。把你原来掩护职业的一套全部抛弃，改装成完全不同的另一行道的另一个人，不论职业、住址、掩护用的各种服装和用品，全要换过，全部证件也必须换过，甚至连面目也要立刻改变一下。这样的情况的出现，对于地下党领导人来说，是并不陌生的。平时就应有充分的准备，免得临时仓促，困难太大。地下党领导人员应该有准备随时更换的服装、证件，平时就留心准备伪装的必要的社会知识，经得起敌特盘查而不露形迹，而且临时要有改换籍贯的本领，即改口说别的地方的语言而不露相。最好是改说普通话，不易为人注意。在伪装时你身上有无容易被敌人看破的特征，如有，一定要设法改掉，连证件上的相片也要随之改换。这样即使叛徒供出特点，敌人也是找不到你的。还有一点，即使在信得过的领导同志之间，也不必互相告诉自己准备伪装打扮的办法。

在紧急情况下，伪装以能隔行越远越好，但是却要越像越好。比如一个知识分子模样或公务人员模样的人，一下改换为手工业者、小商贩是可能的，一个女学生扮成小姐、姨太太也是不难的，扮成女仆也可以。这种改装要随时间而连续改换，敌人就是摸到了新的线索，你已经又改变了。曾有一个同志在一次十来天的旅行中，由扮成"视察委员"改为小行商，又改为穷途潦倒的失业中学教员，他曾在一次大破坏中（党的高级领导人叛变），除开马上把全身衣服、帽子、鞋袜、发式、眼镜框子和证件都改变外，又刮去了平时留的上唇短须，改变了职业和口音、籍贯，混到学生教员中混出检查站去，接着又改为小行商、银圆投机贩子，接着又改为出口公司的襄理，穿上西装皮鞋，夹上大皮包（里面装着证件、身份证、商业行情、通信信件、商人之间请客赴宴的请帖等），一下成为一个出口猪鬃的大商人，安然地旅行去了香港。一连串的改名换姓，换籍贯，改口音，敌人虽在叛徒的帮助下，终于没有抓到他。这都是要在平时有思想准备和物质准备，并且除本人外，谁也不知道。临事不慌乱，多作几种打算，以便更好地穿过敌人布下的天罗地网。

有时候突然被敌特盯住梢了，如有机会是可以在极短的时间内，改变面目以掩护于一时的。如可以用小行商的毡帽，翻过来翻过去成为不同颜色，平时穿的风雨衣带大衣的，一下翻过来可以由这种颜色的雨衣变成了另一种颜色的大衣；戴的眼镜有两副不同颜色、款式、架子的，一下就可以换成另一个样子；身上可随时带上纱布口罩或纱布条，一下就改变成一个病号。如救援被困的同志，派擦皮鞋的小同志送伪装物品。这些都要有平时的准备和急时的随机应变功夫。

伪造最重要的是伪造证明文件，平时就要通过各种关系，收集一些敌伪机关、单位团体的印鉴模样，信笺信封，以及一切可用的空白证件（当时街上有专卖填学校毕业证件的证书纸），街上卖的请帖、拜访帖子、名片，特别是当时官场中及社会上有声望的人物的名片、签字格式等。要设法弄到当时的最紧要的"身份证"空白纸（过去我们通过伪市政府中的地下党取出一些空白"身份证"来临时填用十分方便），这些空白证件如果弄不到手，那就要设法伪造，如有自己的小印刷设备，备有必要的铅字（平时三五个、十个八个去零买来的），到时就手工印一下，大体不差就行。实在无法，如信笺信封可用油印非常精细地仿刻仿印，用红颜色印，大体相似。要有这样的刻写印刷人才。最重要的是刻官印，当时通行迷信大红官印的证件。一定要有会刻印的同志，能用木刻当然可以混过，更仔细的是用软铅板刻，印出来和钢刻官印差不多。但也有临时紧急需用，就用块肥皂刻，也勉强混得过去，印几张也不会坏，实在时间紧迫，马上要用，没有办法，就用油印蜡纸刻写，用红印泥印，略显模糊，印出后加以修整，也能对付一下。特别是小机关团体的仿宋正楷体字的圆形印，更好伪造。用油印蜡纸刻里面的仿宋字，用红印泥印出后，找个大小差不多的玻璃瓶胶木圆盖子，利用那个圆圈，涂上印泥，印在字的外面，和原来的圆图章比，可以做到基本一样，以假乱真。刻铅的功夫平时要有人练习，领导人员自己作为业余练习，到时候自己在什么地方要造什么样的证件，立马就刻什么。如会写印刷体可以油印，临时用蜡纸刻，红印泥印。国民党政府发的"身份证"上，在相片上压了一枚钢印，政府机关发的工作证的相片上也压了钢印，毕业证书也一样。伪造钢印比较难一些，但也有办法解决。只要有一个坚硬而又圆滑的刻压工具（如铜笔套），可在厚纸和相片上压出笔画粗线。在压钢印前把要压钢印的照片、证件用水打湿，使纸质软化，压出线纹更好办一些，钢印本来只要有模糊可辨的基本轮廓就行了。如果能用软铅板来刻钢印，比较好刻一些，压在纸上，基本上和真钢印一样。

携带伪造证件旅行，除主要证件外，最好还带一些辅助证件，比如你是一个出口商人，除有相应的身份证件外，最好还带一些辅助证件，公司的信笺信封，自己的图章，来往商业性信件、请帖、名片等等。敌人一看见这些辅助证件，就会对你伪造的主要证件不产生更多的怀疑了。

在伪造身份证件上填写的名字，最好是便于改变的，即用毛笔临时在名字上、年龄上、籍贯上加上一两笔，就会变成另外的一个人名，年龄籍贯都不一样了，名字的音都不同了。为什么要这样设计？为的是在伪造第一个名字和年岁时，就要考虑到以后在新的紧急情况下，伪造的证件也不好用了，必须改变用新的证件，但临时伪造不成，这样用毛笔一改，就成为另一个新证件。即使敌人已经知道你原用的伪造证件名字，追查起来，还是查不到你头上。比如你第一次伪造的身份证上写的是"于司光"，到时用毛笔一改，加一笔画或略微改一点，就成了另一个人，名叫"王同先"了。籍贯也可改一点，省不能改，县却有相近的字，可以改。这种改法对在紧急情况出走的同志有好处。即使有知道你用伪造证件出走的人被捕叛变了，供出你的假证件的姓名籍贯，出走的方向，在后面追来检查，也没危险了。因此有的同志出外上路后，马上改变身份证件的姓名，是聪明的做法。当然领导同志紧急疏散出去的去向及行程日期，除自己外，本来不应告诉任何人，而且在途中应突然改道而行，以防不虞。有时故意而又看来像无意似的把自己的出走方向，露给别人，实则反其向而行之，可以迷惑敌人。如叛徒已经供出我们将去香港，敌人在成都、重庆交通要道守候，以为我们不是坐飞机，便是坐船去武汉转广州、香港，我们却不乘飞机，也不坐船，却坐汽车向昆明方向经贵阳绕广西柳州等地转广东去香港，敌人就空等了。

七、应　变

地下党活动中虽然有严密的组织，严格的秘密工作纪律经验，但党员在活动中难免暴露而为敌人追捕。党组织出现突然被敌人进攻的突发事件也是难于完全避免的。特别是党组织的高级领导机构被敌人发现，领导人员被敌人追捕，甚至在党内出了叛徒，使组织面临大破坏的情况也是有的。

我们要尽量避免党组织出大事故，但是我们必须随时预防出现大事故，出了大事故，能及时堵塞漏洞。因此第一，党组织在平时应有应付突发事故的准备；第二，党组织在出现突发事故的情况下要善于应变，尽量减少破坏和损失。

（一）应付突发事故的准备

1. 提高警惕，严防突然袭击。

（1）党组织，特别是领导机构要经常检查秘密工作，要及时发现组织的漏洞在哪里，严肃认真地断然地采取措施，消除危险。宁肯信其有，不可信其无，麻痹、疏忽、侥幸，都是出毛病的根源（当然不是草木皆兵，张皇失措，而是沉着地细心地调查分析，使自己不致陷于被动挨打的地位）。过去有些事故的出现不是敌人的高明，而是自己（特别是领导人员）的疏忽。往往不是事先毫未出现征兆，而是对于这些征兆的出现麻木不仁。

（2）要随时掌握敌情。最好的方法是千方百计派党员打入敌人的特务机关去，随时得知其机要。过去我们就有这样的长期在敌特机关埋伏的同志，他们冒着生命危险，送出重要情报来，使我们党组织减少了破坏。对这样的同志要特别加以爱护，除高级党组织的书记得知其姓名、活动机关、联络暗号办法外，其他任何人不得知道。和这种同志不可经常联系，以免被敌特发现怀疑。只有在必要时，他才以约好的办法，在极其机密的地方，以极其短暂的时间突然联系。或者根本不见面，以暗号或通信进行联系。这种同志必须与一切过去的党的关系和进步关系完全切断，生活作风要随和一些（但不准堕落腐化），不准有反党行为，而又随机应付敌人。这种同志要随时准备牺牲。党组织则在其势难立足时，加以保护和及时撤退。这种同志送出情报后，我们采取相应措施时，一定要考虑如何保护这个同志不致被敌特注意，要造些假象以迷惑敌人。

假如不能派人打入敌特内部，则尽力有人和敌特活动有关的部门的人有关系，或通过进步的高级民主人士，以及伪党政机关的高级人士，经常打听到一些敌特活动有关的情况。和地方实力派中的军警人员建立关系，也可以事先得知一些敌特活动的情报。关键是我们善于从多方面收集到的零星情报中去发现事物内部的联系，善于分析在这些现象后面隐藏的敌特的阴谋。

（3）要及时发现敌特要进行破坏阴谋的一些征兆，比如：①敌人突然在重要交通要道及旅店等地加强检查；②敌特高级人员的突然到来；③敌特数目突然增加，突然活动积极起来；④敌人在准备房屋，外围军警宪在进行调动；⑤我们比较暴露的同志出现被敌特跟踪的事多起来；⑥有的同志的信件被检查，亲友被查问，居留地方被人暗地监视或侦察。特别是领导同志要注意自己和同级或上下级同志受到敌特从来没有过的留意,掩护职业地方发现有不明身份的人来往活动,在查询情况或暗地侦察。所有这些都是可能发生突然事件的征兆。党组织领导人要善于沉着机智地、不动声色地进行观察分析,然后当机立断突然摆脱敌人。总之,敌人既然要对我们采取突然袭击,只要平时留心,总不会没有一点风声,一点动静,一点征兆的。过去出毛病有的就在已经看出征兆,但不往严重的方面考虑,反而麻痹大意,结果陷入被动,不可收拾。

2. 事先作各种可能破坏的估计,相应地设计好应变计划。党组织领导人应该平时就设想比较可能的漏洞,可能出现的破坏事故,制订临时的疏散计划和堵塞漏洞的办法。什么组织什么人如被捕,要立刻通知哪些组织和什么人,要疏散哪些人,要切断哪些关系。一般说来,越是基层的组织和一般党员出了事故,越是比较好应变,好堵塞漏洞,因为他们知道的党组织的人数有限,知道党的活动情况也有限,因而人员的疏散,工作的重新安排,都较简单一些。越是高级的领导机关和领导同志出了事故,越难于应付,牵涉面宽,影响很大,漏洞大而且扩大很快。虽说越是高级的党员在敌人面前更坚定,叛变出卖的可能性更小些,但不能有幻想,不能以这种估计来安排应变计划。因为敌人对这些党员也追逼得更严更紧,阴谋诡计更多些,仍必须照秘密工作纪律进行应变,不能疏忽。因此对于越是高级的领导机构,越有必要随时估计领导人员哪一个被捕后,其他同级的人,上级的人应该怎样实行应变计划。特别是未被捕的同级领导同志有责任及时通知上下级组织,及时组织疏散,绝对不能自己惊慌失措,只顾自己隐蔽和疏散。不负责任,这是犯罪行为,自己哪怕有极大可能被捕牺牲的危险,也要坚持做完通知和组织疏散工作后,才能撤退或隐蔽起来。

3. 各级党组织及个人,特别是专门做组织工作的领导人员,都必须平时与上级和下级组织约好接发紧急通知最快捷的方法。这种快捷方法除开派人或亲自去找被通知的人,告知发生紧急事件,按计划进行应变措施外,还有多种临时接收紧急通知的办法。①按事先约好的能较快收信的通信处写信通知，以暗语告诉什么机构什么人出了事故；②按平时约好的在敌伪报纸广告栏登载小广告通知；③在随时可以看到的约好的公共地方贴约好的不为人怀疑的通知（如招贴、广告等）；④派交通员扮小贩到被通知的人住的街道去做特殊的叫卖声，或铜铁的敲击声，或按特别的汽车、自行车、三轮车铃铛声。总之事先要约好这样的特别通知办法，临事就比较从容了。

至于不在本地的，则事先应约好通信处和通知内容的暗语，到时以电报通知。原则上被破坏组织、被逮捕的领导人的上级组织及他们或他领导的下级组织及知道的党员，都要以最快办法通知到。通常上级、下级是约有紧急电报的暗语和通信办法的。

4. 各级组织及领导人员、党员都要有自己临时疏散及隐蔽的秘密方向和处所。这种地方平时不要告诉任何人，包括自己的上级领导人在内。而各级领导人即使是同级同志也不宜互相告诉其掩护所。过去领导同志往往有一个给由他领导的上层统战关系，到时由这种上层统战关系安排疏散去向，或暂时隐蔽一下，再找更妥当的地方，作长久打算。也有同志联系或发展一两个（自己经常往来的主要城市最好各有一个）专门为自己做掩护工作的同志，他们平时并不在进步群众中活动，而从事商业、文教、政府等部门做一个无人能看出其政治面貌的党员，他的责任就是党的主要领导同志到这个城市来活动时，他接去住在他家，为之掩护，提供活动便利条件，包括金钱、旅费、衣服用具、证件等在内。上级、下级、同级均不知道，即使出了叛徒，他还是可以继续在这个城市活动，或者隐蔽到其他城市这种党员家里去，继续活动。平时有这样的安排，到时才方便。有的就是不为党内其他人知道的自己的一般亲戚、朋友、同学，也可以作为疏散隐蔽的地方。只是不要在这些人面前暴露自己的身份和目前处境，而以其他托词住到那里去。这当然只是暂避一下。这是为了怕党内甚至上级、同级出了叛徒，自己处境十分困难的情况，所不得不作的安排。

5. 各级领导人员，要平时准备好紧急疏散时的出路、退路，还要准备好紧急疏散的职业、身份、面目改变的有关准备，如证件、衣服、改装用品等，而这些证件衣服用品，平时是不让上级、同级、下级同志得知的。一出事故，迅速改装，即使叛徒出动，也无法查缉。甚至面目、年龄也临时化装改变了，如发式的改变（有头发改为光头，眼镜改变，胡须平时有，到时刮掉，或平时无，临时安上假须），年龄改变，服装职务身份也改变，最重要的是职业及证件的改变，敌人无法猜到。

（二）应变措施

1. 党内出了事故，第一要消息灵通，及时了解情况，安全措施要走在敌人前面；第二要临事不乱，临危不惧，冷静沉着，勇敢机智。一切决定于"不怕死"，只要有牺牲自己抢救党组织的决心，就能从极被动的状态转为主动状态，由被动堵漏洞状态到从容地先行的预防安排。领导人员在上级或同级出了叛徒，特别是高级领导机构中出了叛徒，波及面极其巨大又极其快速的情况下，要坚守岗位，实行应变措施。

2. 得知党内出了事故，什么党员被捕的消息后，要及时进行事故原因的分析，是工作上暴露了？是被敌特怀疑或敌特外围组织告密了？是党内别的人被捕，供出他来，未及走避或未及时疏散？是党内出了尚未察觉的敌特或叛徒？是其他地方组织发生事故，牵连到这里来，或是他和那里组织或党员原有关系，没有彻底切断关系而牵连过来？总之要迅速查明原因，针对事故的原因进行恰如其分但又保证安全的疏散措施。然而要马上查明事故原因是困难的，可作几种可能的估计，实施紧密措施，以免考虑不到，又发生新的扩大和蔓延，反而不易收拾，宁肯想得多一些，也不要心存侥幸，马虎从事。当然这不是一遇事故便大疏散，大撤退，作鸟兽散。要坚决反对和批评慌乱及逃跑主义。

3. 得到出事故的消息后，按纪律应立刻以最快的通信办法通知其上级党组织，使上级大体知道是下级谁被捕了，才能采取措施，防止事故向上级扩张。按纪律应同时通知被捕人所了解的党员以至进步团体的群众领袖，及时疏散出去，要想得周全，不可遗漏。有的人只有被捕人本人才约有关系暗号及通知办法，但如其他同级领导人得知是党员或群众领袖的，也要设法告诉他们，立刻走避。千万不可存幻想，以为这个被捕同志平时表现很好，可以不按秘密纪律执行。通知按平时约好的执行，不要发生错误，且要估计到原约的暗号和办法等等是否发生了变化。通知时要特别谨慎，要提高警惕，观察分析，不要因为通知反而又被敌人发现，扩大了破坏。敌人是狡猾的，善于伪装的，凡是已被捕的或估计已被捕的人的住所、工作单位，一律禁止派人去找他，但是有时也可以派不相干的人去进行机智的、巧妙的侦察活动，以判明情况，相机通知他。

通知被捕人知道的党员疏散时，要严格规定，按通知规定的时间离开，不得延误、推诿，否则一切由他自己负责，将来还要追究责任，告诉他这不是他一个人的问题，是整个党组织的安全问题。

4. 被通知撤离的党员到了党指定的新的地区新的工作岗位上去工作后，可将组织关系转移过去。或是通知撤离的党员自己可以找寻隐蔽地方，和他约好通信办法，以后按约好的暗号、办法去找他，但可说明在短时期内可能无法派人去和他联系，他只要在那里埋伏起来，站住脚跟，再逐步做群众工作，将来党组织会派人去找他的。有时因整个政治局势不好，有的党员埋伏三五年，党组织没有派人去找他，这就要求他继续独立作战，为党工作，决不能消极隐蔽，埋伏死了，甚至消沉堕落。

5. 被破坏的同级组织未被捕的领导人员一定要坚持做完疏散工作，使该撤退的撤退了，未撤退的也做了调整安排，再也没有发生破坏事故了，整个组织重新稳定下来，恢复了正常工作了，应疏散的领导同志才疏散出去或隐蔽下来。留下来继续工作的同志的工作方式方法应随形势而转变，不可一味蛮干，更不能心存报复，盲目性地向敌人冲击，引来新的组织损失。做妥了这些工作后，主要领导人应到上级那里去报告事故发生情况及应变处置办法，进行检查，接受新的指示。

6. 一定要注意领导同志走避时，可能遇到敌人的拦截、追捕，特别是出了叛徒的时候，这种追捕是很厉害的。因为叛徒知道我党活动的规律，知道我们如何疏散，如何走避，可能指引敌人对我们进行针对性的突击，这是很凶恶的。比如到平时我们接头的地方去进行暗地侦察，对我们常用的通信办法进行审查，到我们组织比较强大，活动比较多的工厂、农村、学校、单位加强侦察和乱抓人逼供。还到未捕的领导人员可能潜伏地点、走避方向去设伏突击，到上级去做报告的必经路线进行拦截、检查，甚至带叛徒一道去上级机关所在地暗地进行侦破活动。因此未被捕的领导人员尚在那里坚持工作时的自身安全要注意，虽然要勇敢无畏，却又要特别细心。尽量到不为被捕人得知的地方去居住，尽量不要多去街上行走，要走也要多走小巷、僻静道路，不走大街（敌人常令叛徒坐上汽车在大街上巡行，见党员就抓）。不再去常去的接头或开会的地方，不用常用的接头、通知办法。特别注意不走叛徒估计可能走避的方向和去向上级汇报的道路，而应出敌不意，反其道而行之，加上改装，改职业，有可靠的证件，尽可能不通过敌人的检查站，不住旅馆，又不断改换证件及职业等，是可以保证安全的。

7. 假如可能的话要写信警告叛徒，或通过其家属通知叛徒，他已犯了罪，如不立刻停止犯罪，将来就是追到天涯海角也要归案法办。并警告他敌人对他利用到没有用处时，是不会让他好死的。对于叛徒，敌人虽然保护严密，但也并非无隙可乘，假如有武工队活动，而又查知叛徒规律，有把握时，对叛徒加以制裁、处决，是完全可以的。

八、拒捕与营救

党组织领导同志除开平时对敌特盯梢应有"狡兔三窟"之计，临时摆脱敌人外，在自己的住地也应有"狡兔三窟"之计，做好临时逃遁的退路安排。自己要注意，平时在家，外面有任何人来找，都不要自己贸然跑出去应门，因为自己的住地是不应有党员来找的，对来找的人一定要怀疑。在家里自己最好不要担任家长，由另外的人任家长，查户口、查电线、查卫生等方面的人来，让别人去应付，凡有生人进来，自己都要警惕并准备逃避，特别是已经察觉自己被盯梢了，或者自己的住所有可疑的人在观察、在打听了，就要及时走避，离开后再进行观察。

自己住所的临时退路或越墙到别的巷子、空地、人家，敌人不可能在那里埋伏的路线，或敌人进行搜查也一时无法察觉的隐蔽夹墙、地道等，最好不要被一般人得知，一遇逮捕时，家人和他们纠缠时，自己就去掉安全信号，及时逃遁。敌人在抓我们时，往往都是在清晨不明不暗之中出动。要善于迷惑敌人，可声东击西，从一面走掉，在另一边发出东西的声音来，如投石头等。

如果有武装保卫人员，在这种场合就要出敌不意，进行突然袭击，不声不响地把进来的特务的枪下掉，把他们关起来，或击昏，然后设法突围。在敌人已捕走领导同志后，也应有保卫人员以本地"地头蛇"的面目出现，加以拦截、取闹，使被捕同志溜掉，再武力对抗（武工队保卫人员最好平时就在"地头蛇"的掩护下活动，表面看来是属于流氓性的武装）。没有武装保卫人员临时抢救，如已被捕，则要看来的特务多少、经验如何，反正以一死相拼，能把敌人的枪下掉，就突击下掉。必要时开枪打死他们，或者突然反手一击，飞腿一踢，把敌人的枪打歪，立刻进行格斗。这要相机而行，估计自己力量不行时，只得作罢。

敌人逮捕了我们的领导同志后，如是在其他县或乡村，一定要秘密押送往大城市敌特监狱，这就有突击抢救的可能。只要知道敌人押送路线、大概时间、使用工具，就可以在路边偏僻上坡山道一带，渡口一带进行武工队的化装埋伏，以土匪抢人或本地流氓头子、恶霸的名义，检查行人，要买路钱，以搜查鸦片烟等名义，拦截车子，在检查时突然把敌人的枪下掉，救出同志来。这只要情报灵通，是可以做到的。

敌人的临时拘留地方，敌特的审讯机关，往往是不大的民房，如果我们的力量较强，敌特又不戒备，武装并不多，也是可以实行突然袭击的。

在快解放时，敌人军心动摇，内部不稳，只要关押的地方可以实行突击，也是应该组织突然袭击的。当然敌特关押地方很宽大，或孤立地点，要突击是比较困难的，没有内应或敌人内部的倒戈，一般也不易成功，但应做动摇瓦解敌人的工作。

九、保卫工作

地下党在一定的高级党组织下，应该建立党的保卫专门机构，除拥有专职的负责人和若干秘密工作党员外，必要时还要建立和领导武装保卫组织。他们的任务就是专门和敌特破坏活动进行斗争，应包括：

（一）领导我们打入敌人内部的特务、警察、宪兵及其外围组织里去的党员进行活动，并和我们秘密军事系统、情报系统、统战系统建立一定的联系，以便配合活动。

（二）对党的领导机关，特别是一个地区的领导机关进行秘密工作的安排、检查，配备保卫领导同志的必要的秘密武装人员，对敌人进行反盯梢，必要时武装保护领导同志的安全。

（三）了解敌特的组织系统和人员、活动规律，及其外围组织的情况，侦察了解敌特的活动，特别是在我党组织较多，力量较强的地点的情况；了解敌特内部人员、机关、集中营的情况；了解敌人在公共场所的活动，了解敌人最新的调动及其领导人员的活动情况，及时向上级领导提供情况报告。

（四）审查敌特可能打入我党组织内部的可疑人员，进行侦察了解，或作紧急处理。敌人是千方百计想打入我们组织里来的，党的组织不纯，思想不纯，都可带来坏人混入的后果。对于内奸的防备是千万不能大意的，我们在吸收党员时要严格审查，在平时还要考查其活动情况，如有可疑之处，立刻报告组织，由保卫部门进行审查和处理。敌人是很会搞一套"红旗"政策的，特别是叛徒对于这一套容易伪装。但是敌人总是敌人，他既然要破坏我们，就不能不有其不可告人的活动的一面，不可能掩盖得很彻底，总有来路不明或可疑活动的蛛丝马迹，只要留心，总是可以发现的。

（五）领导武工队的活动。过去长期活动中，由于没有建立保卫部门，深感对敌特进行斗争的困难，这要算是一条教训。许多破坏事故，假如当时有保卫组织的配合活动，是可以防止出事故的。或出了事故也是可以临时抢救，使组织避免大的损失的。

十、党组织被破坏事故的举例分析 （略）